「紫の女《ひと》」殺人事件

内田康夫

角川文庫
16831

目次

プロローグ

事件の一報が入ったのは、六月二十日の午後十時三十二分。熱海市昭和町〇〇番地の、和菓子店〔芳華堂〕で、変死事件が発生したというものであった。

一一〇番通報者は中根真由美《なかねまゆみ》という女性である。〔芳華堂〕を訪ねてきて、中の様子がおかしいので、覗《のぞ》いてみて、異変に気づいたという。

中根真由美は、はじめ一一九番に電話をしようと思ったのだが、彼女が発見したときの現場の印象で、警察のほうがいいと判断したのだそうだ。

「もう、死んでるみたいです」

中根真由美は震え声でそう伝えた。

「落ち着いて、そのままの場所で、警察が着くまで待っていてください」

一一〇番を受けた者がそう言うと、「そんなの、無理です」と泣き声を出した。〔芳華堂〕の店の電話を使っているのだが、これ以上、死体と一緒の空間にはいられないというのである。

「それでは、表で待っていてください。ただし、周囲にあまり知られないように。ことに、建物の中には、絶対に、誰も入らないようにしてください」

「はい、そうします」

答えるが早いか、電話は乱暴に切られた。おそらく、受話器を放り投げるようにして、外へ飛び出したにちがいない。

救急車の出動は警察のほうから要請している。つまり、警察よりもワンクッション遅い指令のはずだが、それにもかかわらず、パトカーと救急車は、ほぼ同時に現場に到着した。日本の救急態勢がいかにすぐれているかの証明だ。

警察が指示したとおり、発見者の中根真由美は〔芳華堂〕の前に佇《たたず》んで、警察の到着を待っていた。

その夜、熱海署員を指揮したのは、刑事課の川口《かわぐち》警部補である。

川口は、通報者の中根真由美の案内で、とりあえず、救急隊員二名とともに〔芳華堂〕の中に入ることにした。中根真由美の話では、すでに死亡している可能性が強いというので、救急よりも、むしろ現場保存に留意するほうがいいと判断したのだ。

表の通りに面した店の向かって右の脇に、人ひとりがやっと通れる程度の路地がある。路地を五、六メートル入ったところに、住居用の玄関があった。

玄関からドアを入ったところがリビングルームで、その部屋に、三人の男女が倒れ、絶息していた。

中根真由美の話によると、「死亡者」は、〔芳華堂〕の主人・曾宮健夫《そうみやたけお》と妻の華江《はなえ》、それに一人娘の一恵《かずえ》の三人であった。

夫妻がソファーに、床の絨毯《じゅうたん》の上に娘が横たわっている。

救急隊長はすばやく「死者」の状況を調べた。心臓停止と瞳孔《どうこう》拡散を確認して、いったん「三名ともすでに死亡」と告げたが、川口が部下を呼びに行こうとしたとき、「あっ、ちょっと待って！」と怒鳴った。

「まだ生きてる」

隊長は娘の顔の上に覆いかぶさるようにして叫び、すぐに心臓マッサージにかかった。部下の隊員が反射的に駆け出し、仲間を呼びに行った。

こうなると現場保存もへったくれもない。救急隊員が、あっという間に殺到して、路地の敷石も、廊下も、部屋も、彼らの土足で蹂躙《じゅうりん》され尽くした。

娘は危篤状態であることには変わりはなかったが、それでも、しだいに脈拍がしっかりしてきて、タンカで運び出されるころには、救急隊員の呼びかけにもかすかな反応を見せるようになった。

勢いづいた隊員は、夫妻のほうにも蘇生《そせい》術を施したが、残念ながら、彼らはすでに完全に死亡していた。

救急車が行ってしまうと、警察の実況検分が始まった。川口警部補は、通報者の中根真由美に発見当時の状況を聴いた。

中根真由美が「異変」を発見したのは、通報の直前であった。

「私は、午後九時に一恵さんと会う約束になっていたのです。一恵さんとは中学時代からの親友でした。彼女はこの春、仙台のテレビ局に入社して、アナウンサーのタマゴになったんです。そして、きょう、しばらくぶりに熱海に帰ってくるので、ぜひ会いましょうと連絡がありました。それで、楽しみにしていたのに、約束の時間が三十分過ぎても現われないし、それから少し待って、電話したんですけど、ぜんぜん出ないし、おかしいなって思って、彼女の家に行ってみました。すると、店は閉まっているけれど、住居のほうには明かりがついているんです。おじさんがすごく几帳面《きちょうめん》な人で、留守のときは必ず電気を切るって聞いてましたから、あれ、戻ってこられたのかなって思って、インターホンのボタンを押しました。でも応答はなくて……そのうちに胸騒ぎっていうのか、だんだん不安になって、どうしようか迷ったんですけど、脇の玄関から入ってみることにしました。玄関のドアはロックされていましたけれど、以前、一恵が鍵《かぎ》を植木鉢の下から取り出すのを見ていましたから、その鍵を使って入りました。そしたら、あんなことに……」

以上が中根真由美の供述である。

「死体」を発見した際、べつに脈があるかどうかなどは確かめなかったが、ひと目で死んでいると思った――と言っている。

たしかに、曾宮夫妻の死にざまは、明らかに、ひと目で絶命していることが分かるような、ひどく不自然な恰好《かっこう》であった。

ただ一人、曾宮一恵だけが床の上に仰向けに倒れていて、落ち着いてその顔を見れば、眠っているようにも見えたかもしれない。しかし、ドアを開けた瞬間には、手前の夫妻の眼を剝《む》いた恐ろしい顔が視野に飛び込んでくるので、彼女でなくても、素人なら、その奥にいる一恵の生死を確認する気には、到底、なれなかっただろう。

現場での検視の結果、遺体にはいずれも外傷はなく、毒物による中毒死であることは、ほぼ間違いなかった。曾宮の遺体の脇には、その毒物の入っていたガラスの小ビンが転がっていた。

リビングルームのテーブルに、ワインのボトルとワイングラスが三個。それぞれに少しずつ液体が残っている状態で、載っていた。一見したところでは、三人で乾杯をしたような印象である。

もっとも、テーブルの上には、ワイン以外に、ツマミ類等もなく、一家団欒《だんらん》の乾杯というよりは、死への旅立ちを思わせるように殺風景であった。

テーブルの上に、もう一つ、意味不明のものがあって、川口警部補の注意を引いた。

よく、電話の脇にあるようなメモに、「浮舟」と書かれている。筆跡は女性文字で、華江夫人の手元にボールペンがあったことから、おそらく彼女が書いたものと考えられた。べつにたいした意味はないのかもしれないが、遺書等があるかどうか——と思っていただけに、ちょっと気にはなった。

「これは何だろう？」

川口は部下の三好《みよし》部長刑事に言った。

「さあねえ。何ですかねえ？」

三好は川口より年長で、経験も豊富だが、首をひねっただけで、あまり関心を抱くことはなかった。

建物は一応、密室と考えてよさそうだ。一応——というのは、玄関の鍵が植木鉢の下に隠してあることを、中根真由美以外にも、知っている人物がいたかどうか、不明であること。また、ほかに合鍵がなかったか、あるいは、鍵を開ける技術を持つ人間が犯人である可能性も考えられることによる。

しかし、現場には犯人と争った様子はもちろん、何者かが存在したような痕跡《こんせき》も見当たらない。自殺か、あるいは事故によるものかはともかく、外部の人間による殺人事件であるとは、考えにくい状況に思えた。

住居部分の一階にはリビングルームと小さな応接室とキッチン、バスルーム、トイレ。二階には夫婦の寝室と娘の部屋と客用の部屋が一つあって、それぞれの部屋には窓があるけれど、すべてロックされていて、窓から出入りした形跡はない。

鑑識作業に引き続いて、建物内の家宅捜索が行なわれた。

〔芳華堂〕――曾宮家は、前述したように、店舗部分と住居部分がある。店は間口三間、奥行き二間の、ごく小さなもので、店の裏側には商品を保管するケースと、包装用の箱、包装紙などの物入れがある。さらにその奥の住居部分とは、壁一枚、ドア一枚でつながっている。

あまり繁華な場所ではないにしても、熱海市内に店舗を構えているわりには、曾宮家はそれほど裕福ではなかったようだ。調度品類も粗末なものが多く、冷蔵庫の中を見ても、かなりつましい生活をしていたことが推察できる。

ただし、商売には熱心だったようだ。表の店舗部分の造作はカネをかけているし、菓子を陳列、保管する施設も立派なものだ。

曾宮一恵の親友である中根真由美の話によると、曾宮夫婦は若いころから苦労して、ようやくこの店を手に入れ、娘を育ててきた。一恵が東北大学を卒業して、仙台テレビに入社して、憧《あこが》れていたアナウンサーにもなって、すべてが順調にゆきはじめたときだということであった。

だが、表面は順調に見えても、内情は苦しかったようでもある。

リビングルームにあった書類ケースには、返済期限の過ぎた借用書の控えが二通あって、その上に、曾宮健夫の名前で「誠に申し訳ありませんでした」と書いた便箋《びんせん》が載っていた。

「これは遺書かね」

川口は三好に訊《き》いた。

「さあ、どうでしょうかねえ」

遺書とも受け取れるし、ただの詫《わ》び状と見ることもできる。ただし、彼らの死が自殺であるならば、やはり遺書であるという公算が強いということになるだろう。

実況検分がほぼ終わり、さてそろそろ引き揚げようか――というころ、救急車について病院へ行っていた刑事が戻って来た。

「妙なことがあったのですが」

報告の最後に、付け加えた。

「あの娘さんですが、瞬間的に意識を取り戻した際、われわれの顔を見て、こう言ったんです。『私たちは殺されたんです。私は見たんです』と」

「見た？　犯人を見たのか？」

川口は意気込んで訊いた。

「はあ、自分も同じ質問をしたのですが、そうしますとですね、彼女は『私たちが死んでいるところから、男が立ち去るのを見ました』と言いましてね。それだけ言うと、また意識が混濁してしまったのですが……」

「ほう、すると、殺しっていうことか」

川口は腕組みをして、何か見落としているものがあるのだろうか？——と、改めて周囲を見回した。

「それだけならいいのですが……」と、刑事は浮かぬ顔で言った。

「そのとき、自分の受けた印象だと、彼女はどうも、当の彼女が死んでいるところを含めて、『私たちが死んでいるところ』と言ったような感じなのです」

「ん？　どういう意味だ、そいつは？」

「つまりですね、最近流行《はや》りの臨死体験だとか、幽体離脱だとかいうのがありますね。あれじゃないかと思うのです」

「臨死体験？　幽体離脱だと？　おいおい、刑事がそんなことを言ってたんじゃしようがねえだろう」

川口警部補は笑った。

「いや、自分だって、あんなもの信じちゃいませんよ。だけど、彼女が言ってるのは、どうも、そういうことらしいと……」

刑事はムキになった。

「もうやめとけ。現職の刑事が迷信に毒されているなんて分かったら、刑事局長ドノが国会で吊《つ》るし上げを食らうだろうよ」

川口は白けた顔でそっぽを向いた。

第一章　網代日記

1

ぼくが網代《あじろ》にカンヅメ用の仕事場を設けたのは、去年の春のことである。海辺のリゾートマンションの七階で、目の前には波穏やかな網代湾が広がる、風光明媚《ふうこうめいび》の地だ。もっとも、たいていはカーテンを閉めっぱなしで仕事に没頭している。このあいだなど、台風の通過も知らなかったくらいだ。

「網代」といってもお分かりにならない人が多いかもしれない。正確な地名は、「静岡県熱海市網代――」である。もっとも、ぼくのいるところは「熱海市下多賀《しもたが》」が正式の地番で、本来の「網代」とは異なるのだそうだ。

「そうだ」とは無責任なようだが、実際、ぼくはかなり長いこと、「網代」に住んでいるものとばかり信じていた。

なぜそういう錯覚が生じるかというと、最寄り駅がJR伊東《いとう》線の「網代駅」だからである。まさに網代駅の駅前の町だから、てっきりそこが網代かと思っていた。

静岡県熱海市――は、いわずと知れた日本最大の温泉地だが、関西以西の人には、あまり馴染《なじ》みがないせいか、せいぜい名前ぐらいしか知らないと言われるむきもあるといけないので、少し熱海の説明をさせていただく。

熱海の歴史は古く、五世紀ごろの祭祀《さいし》遺跡が、市内上多賀に残っている。『吾妻《あづま》鏡』には「阿多美郷」と書かれているが、その語源は「あつうみ」の意で、海中から熱湯が湧きだし、魚がただれ死んだという伝承があるくらいだから、五、六世紀ごろには、すでに温泉の出る土地として知られていたらしい。

慶長二年と九年には徳川家康が湯治《とうじ》に訪れたのをきっかけに、熱海は諸大名の湯治場として賑《にぎ》わい、やがては江戸庶民もさかんに遊ぶようになった。

明治に入ると、新政府の高官たちの休養をかねた社交場となり、御用邸や華族、軍人、実業家たちの別荘が立ち並んだ。そして、明治三十年代に読売新聞に連載された、尾崎紅葉の小説『金色夜叉《やしゃ》』で一躍有名になり、「熱海の海岸散歩する、貫一お宮の二人連れ……」と歌う演歌が大ヒットして、熱海の繁栄は不動のものとなった。

こんなふうに、早くから開かれた割には、東京から熱海までの交通機関はきわめてお粗末なものだった。小田原から箱根を経由する東海道に対して、熱海へ通じる海岸道路は熱海街道と呼ばれていたが、切り立った断崖《だんがい》絶壁の多いルートだから、徒歩で行くのがやっとだったという。

明治十四年に熱海街道に新道が開通して、ようやく人力車が通れるようになった。その後、明治二十八年に人力でトロッコのようなものを走らせる「豆相《ずそう》鉄道」ができ、さらに明治四十年には曲がりなりにも蒸気機関車を走らせる軽便鉄道が開通したものの、大正十二年の関東大震災で大きな被害が出て、廃線の憂き目を見ることになった。国鉄による本格的な鉄道が敷設されたのは大正十四年（一九二五）のことで、昭和九年（一九三四）に丹那《たんな》トンネルが開通するにいたって、熱海は名実ともに東京の奥座敷になった。

ところで、ぼくの仕事場のある熱海市下多賀は、昭和十二年四月まで田方郡多賀村大字下多賀だったところだ。同年四月十日に多賀村は熱海町と合併して「熱海市」になった。その後、昭和三十二年四月一日に網代町が合併されて現在の熱海市が成立した。

本来の網代は熱海市の最南端にある。「網代」というのは、平凡社百科事典によると〔小型の定置漁網のこと――〕だそうだが、その名のとおり、網代はむかしもいまも典型的な漁業の町である。江戸期までは相模《さがみ》湾きっての良港として栄えたといわれ、そのせいか、漁業関係者の気風のいいことはもちろん、市民全体のプライドが、近隣の中ではひときわ高いという。

ぼくもそうだったけれど、東京近辺の人の多くは、伊豆《いず》へのドライブの行き帰りに、網代海岸を通過した経験が何度もあるはずだ。波静かな湾内を埋めつくすような養殖用のイケスや、海岸を走る国道一三五号線沿いに、干物を売る店がズラッと並んだ風景の独特の印象は、あのどこからともなく漂ってくる干物の匂いと一緒に、記憶の襞《ひだ》にこびりついているにちがいない。

この本来の「網代」に対して、ぼくの仕事場のある下多賀は「温泉の町」である。その名も「網代温泉」というくらいだから、地名を間違うのも当然だし、温泉こそが網代の本来の姿だと思うのも無理がない。

実際、熱海や伊東の名に隠れて、あまり知られていないが、網代温泉は古くから、伊豆の名湯の一つでもあった。観光ガイドブックには、網代温泉のことが〔熱海市の多賀・網代地区の温泉を総称したもので、豊富な湯量と熱湯で有名。漁港からの新鮮な魚が食膳《しょくぜん》にのるのも魅力。旅館約五十軒が明るい海に臨んでいる。海釣りや海水浴にも適している。〕と紹介されている。いまでこそ、網代温泉街に所属する「きれいどころ」は十人程度だけれども、最盛期にはなんと、三百人からの芸妓《げいぎ》さんたちが、湯の町の夜を華やいだものにしていたそうである。

というわけで、ぼくは自主カンヅメの仕事場へ行くときは「網代へ行く」と言うことにしている。「下多賀へ行く」と言ったって、誰も分かりゃしないだろう（もっとも、そのほうが雲隠れするには都合がいいのだけれど――）。この物語の中でも、本来の網代はもちろん、下多賀も含め、網代湾に面した付近一帯を「網代」と総称することにした。

＊

カンヅメというと、一般的にはホテルを利用するもので、ぼくもしばしば東京のホテルに押し込められ、強欲で冷酷な編集者に尻《しり》を叩《たた》かれたものである。

元来、作家などという人種は、勤労意欲が乏しく、怠惰で自堕落なものと決まっている。怠惰で自堕落だからこそ、真人間なみの仕事に就いてもうまくいかず、「作家」という名の殻に隠れて、うわべだけは一人前のような顔をして生きているのだ。であるから、周囲がちょっと油断をすると、すぐに机の前を離れ、紅灯の巷《ちまた》を徘徊《はいかい》したり、テレビの前でゴロゴロしたりして、原稿がさっぱり進捗《しんちょく》しないことになる。

その点、ぼくはきわめて真面目で、義理がたく、酒も飲まないしゴルフもテニスもやらない——と、編集者の目から見れば作家の鑑《かがみ》といえるような人格者だ。が、そういうぼくにも弱点がある。それは、ぼくが囲碁の名人であるということだ。

あまり大きなことを言ったり、自慢話をするのは嫌いなぼくだが、囲碁については隠しておくわけにもいかない。なぜなら、ぼくが文壇囲碁名人位や本因坊《ほんいんぼう》位を獲得したことは、マスコミが報道してしまうからだ。ぼくはべつに、本格的に囲碁の勉強をしたわけでもなく、碁が強いのは単なる天才に過ぎないので、達人であることなど人様にひけらかすつもりはなく、ましてプロ棋士になるつもりなど、毛頭ない。

しかし、ぼくの高名を慕って、教えを請いに訪れる客は引きも切らない。これが憎らしい編集者なら、けんもホロロに追い返すところだが、せっかく遠路、訪ねて来られた方に、無下にお帰りいただくことはできないという優しさもまた、ぼくのすぐれた人格の一つである。

で、ついつい、仕事そっちのけで、囲碁のお相手をすることになる。となると、万事につけ真面目で、ほどほどに、などという手抜きはできない性格だから、必然的に原稿の執筆に甚大なる影響をこうむり、編集者のボーナスに多大な損害を与える結果を招来するというわけだ。

ま、しかし、そんなことはどうでもいいのだけれど、原稿執筆の遅滞は生計にもろにひびくので、やはりカンヅメ生活は必要悪ということになる。

ただし、出版社主導型ホテルのカンヅメは美味《うま》くない。なんとなく前借りをしながら、内職に励んでいるようで、いじましい気分なのだ。それと、ホテルの生活というのも存外、規則正しいものがあって、寝たいときに寝る、食いたいときに食う——というう、ピュアーな自堕落主義者には、あれでけっこう、肩が凝る。

といったわけで、ぼくは網代のマンションを借りることになった。なぜ網代か――といえば、そこに海があるからと答えるほかはない。本拠が軽井沢の山の中。対するに、仕事場は海。まあ、海のものとも山のものとも知れぬような人間には、ふさわしいともいえようか。

とりわけ、網代は眼前に広がる穏やかな海以外にはおよそ何もない点が、カンヅメ暮らしには最適の立地条件ではある。

まず、何といっても遊ぶ場所がないのがいい。ぼくにはもともと、そんな邪気はまったくないけれど、たとえ紅灯の巷に遊びたくても、紅灯どころか、街灯さえろくすっぽない町なのだ。

同じ「熱海市」でも、本来の熱海温泉のほうは殷賑《いんしん》をきわめている。熱海は神戸をひと回り縮小したように、海岸からすぐに山が立ち上がっているような地形である。お宮の松のある海岸通りに面して、大型のホテルが建ち並び、その一つ裏通りからは段丘状に、山の中腹まで所狭しとばかりに建物がひしめいて建っている。

以前からあるホテル、旅館、土産物店、一般の商店、銀行、レストラン等々のほかに、新しい巨大な建物が、背後の山々、谷々を埋め尽くす勢いでどんどん建ちつつある。そのほとんどがリゾートマンションで、人手不足などの経営難から、マンションているという。

わが網代温泉は、それとは対照的に、干物の匂いとともに、閑寂の気配がそこはかとなく漂う、鄙《ひな》びた町である。東京から車でやって来て、熱海を通過して網代に着くごとに、その落差の大きさは感動的ですらある。

熱海市街地の西端の坂を登り、自殺の名所として有名な錦ケ浦がある岬の、三つのトンネルを抜けると、網代湾が見えてくる。道路左手、断崖下の海の水平線近い沖には初島が横たわっている。この辺りはむやみに大きなホテルやマンションが建ち、眺望を妨げてはいるけれど、それでもまだ、伊豆の海は十分に美しい。

上多賀の坂を下り、下多賀の弓状の海岸線を過ぎると、小さく海に向かって突き出た岬を曲がって、いよいよわが網代の町に入る。

町の入口に大きな松が聳《そび》えている。国道は松の左へ真っ直ぐ行く。松の手前を右に斜めに折れて行く道が、むかしからの街道だ。車がやっと擦れ違える程度の細い道で、ちっぽけな食料品店、雑誌と文庫本しかない書店、つぶれかかったラーメン屋等々が、ポツリポツリと過ぎて行く。網代駅へ曲がるT字路の角にあるガソリンスタンドにいたっては、とうのむかしに店仕舞いをしたまま、廃墟《はいきょ》のごとく放置されている。

角から二百メートル足らずで、伊東線の網代駅にぶつかるのだが、この駅に向かう道だけは、いくぶん活気があり、左右にはそれなりに商店も並んでいる。カメラ店、薬局、雑貨屋……もっとも、一つ一つの店の規模は小さく、土産用に活魚を売る店と、干物の店と、真新しいファミリーマート、この三軒を除くと、どの店もあまり景気はよくなさそうである。

ただし、例外的にここに一軒、鄙にはまれな――といってもいい、なかなかしゃれた和菓子の店がある。〔瀬賀和《せがわ》〕という風雅な名前もさることながら、菓子そのものも京風な上品なものが多い。店の正面は売店だが、右手にちょっとした喫茶室があって、注文すればお茶をたててくれる。〔瀬賀和〕の菓子を目当てに、わざわざ網代を訪れるお客も少なくないという話だ。

編集者が来ると、ときどき〔瀬賀和〕で待ち合わせては、菓子をつまみお茶を啜《すす》る。男はもちろん、女性編集者も何人かいるが、連中は概して大酒飲みばかりだから、菓子を勧めると迷惑そうな顔をする。

この〔瀬賀和〕で、時折ひとりの少女を見かける。いや、「少女」というのは適当ではなく、実際は二十過ぎの立派なレディーであることが後に分かるのだが、はじめて彼女を目にしたときには、てっきり十五、六歳の少女かと思った。

漆黒の髪、黒くつぶらな眼、病的な感じがするほど色白で、スペインの女性を思わせるような、エキゾチックな美人だ。

ことしの春先ごろは黒いトックリのセーターを着ていた。テーブルでコーヒーを飲んでいるかと思うと、〔瀬賀和〕の店と親しい関係なのか、従業員と陽気にお喋《しやべ》りをしたり、ときにはお運びの手伝いをしているようなこともあった。

四ヵ月ばかり経って、夏に会ったときは、淡い紫のブラウスに黒いフレアスカートという、まるで喪服を思わせる装いで、ひっそりとテーブルについていた。なんだか人が変わったように物静かな様子が気になった。

九月に入って、網代の海を秋風が渡ってくるころに会ったときは、紫陽花《あじさい》の花を散らしたような、細かい模様の七分袖《そで》のワンピース姿で、そのときも独りで、物思いに沈んでいるように見えた。

どちらかというと地味な服装の好きなぼくには、彼女のそういう控えめな装いは、好ましいものに映った。

(彼女のような女性を嫁さんにしたら、いいかもしれないな——)と、そのとき、ふと考えた。

いや、もちろん、ぼくのではなく、友人の浅見光彦《あさみみつひこ》の——である。

友人といったけれど、浅見というのは、フリーのルポライターをやっている、いわば、ぼくの弟子のようなものだ。家柄は悪くなく、才能も容姿もまあまあなのだが、三十三歳にもなって、いまだに独立できずにいる、だめな男だ。嫁さんでも来てくれれば、多少は人並みになるかもしれない——と、いつも心掛けてやっているので、若い娘を見ると、すぐ浅見の間抜けづらを思い浮かべる。

しかしまあ、この女性は浅見にはもったいないな——と、すぐに打ち消した。第一、年齢が違いすぎる。浅見には年上のカミさんがいい。それに、あんな美貌《びぼう》の娘は浅見には不似合いだ。浅見に渡すぐらいなら、いっそ、このぼくが——などと、余計なことまで考えた。

ところが、それから間もなく、彼女の口から、浅見光彦の名前を聞くことになるのだから、世の中、一寸先のことは分からないものである。

2

前述したように、ぼくの仕事部屋はマンションの七階にある。すぐ目の下には、道路一つ隔てて網代湾が広がっている。

網代湾はもともと波静かな入江だが、その上に、網代港のあるこの辺りは、五百メートルほどの沖合に横一文字に防波堤があって、外洋の波はまったく寄せつけない。湾内には二十メートル四方ぐらいの養殖イカダが三十ヵ所ばかり、点々と浮いていて、タイ、ハマチ、ヒラメ等々を大量に飼育している。ここから網代魚市場に上がった活魚が、東京方面に送り出され、高級料亭の膳《ぜん》を飾るのだ。

ぼくはベランダの大窓に向けてニコン製の二〇倍望遠鏡を備え、ワープロ叩《たた》きに飽きると、気分転換に海を眺める。熱海から初島や大島へ通う船や大型のクルーザーなどが、白波をけたてて行き来するのを眺めているだけでも、けっこう楽しいものだ。

防波堤の先端付近には、一年三百六十五日、よほどの暴風でもないかぎり、必ず釣り人の姿がある。多い日には二、三十人、少ない日でも数人は、未明から夜にかけて、飽きもせず釣り糸を垂れている。

「釣りをするバカ、釣りを見るバカ」というとおり、こっちもけっこう執念深く望遠鏡を覗《のぞ》いて、大物を釣り上げる勇姿をひと目見ようと努力しているのだが、釣れる瞬間を目撃したのは、これまでわずか三度だけ。湾内に貸しボートを浮かべる釣り人も多いけれど、これがまた、呆《あき》れるほどさっぱり釣れていない。

ボートの料金は四千円だそうだが、あれなら、活魚を売る店で、タイを一匹買って帰ったほうがよほどいいのに——と、同情したくなる。

地元の人に聞いてみると、湾内に魚がいないわけではないらしい。にもかかわらず釣れない理由は、養殖用のエサが豊富すぎて、釣り針つきのエサなんかには見向きもしないのだそうだが、真偽のほどは分からない。

誤解されると困るが、ぼくは日がな、こんなふうに釣りの見物をして過ごしているわけではない。ワープロを叩く合間の、ほんの束の間の安らぎのときである。それ以外にもいろいろとやることは多いのだ。

ぼくの網代での生活は、いわゆるサラリーマンの単身赴任と変わりない。炊事洗濯から掃除にいたるまで、何でもやってしまう。もちろん飯も炊く。ミニ炊飯器でカップ三杯の米を炊くと四回分はあるので、三回分をラップに包んで冷凍しておき、必要に応じてチンをする——といった生活の知恵も身についている。

料理も得意だ。無難なのは、納豆、生たまご、焼き海苔《のり》、刺身などだが、ときにはマーボ豆腐、シチューなどにもトライする。多少、失敗しても、被害者は自分だけだから、いまのところ、法に触れるような事件は起きていない。

料理の材料をメモって、買い物に出掛けるのも、単身赴任の楽しみの一つである。

日用雑貨や食料品の大半はファミリーマートで仕入れる。野菜類はほんとうは八百屋のほうが安くていい物があるのだけれど、何しろ量が多過ぎる。そこへゆくと、ファミリーマートには、きれいに洗ったキャベツを四分の一、ラッピングしたものなどがあったりして、独り者には便利だ。

ほんのひとかけらみたいな野菜でも、もっともらしく、しさいに鮮度を確かめながらカゴに入れる。そのときに感じる、そこはかとない胸のときめきは、まさに独身生活の醍醐味《だいごみ》といってもいいだろう。

　肉は専門の肉屋で買うにかぎる。網代には表通りと裏通りと、二軒の肉屋があるが、ここだけの話、裏通りの小さな店で、店よりも小柄な（あたりまえか）夫婦が仲良くやってる店のほうが、品物に信頼がおける。この店でいちばん高い商品は、すきやき用の霜降り肉で、百グラム七百三十円。見栄を張るわけではないけれど、いつもこれを四百グラム買うことにしている。

　肉屋の向かいは魚屋。さすがに網代は魚が美味《うま》い。しめたばかりのクロダイの刺身なんか、コリコリしていて、しかも、嚙《か》んでいると、舌のイボイボの上で、ジワーッと味がしみてくる。こんなのを千円も買うと、一人では食べきれないほどある。

　こんな具合に、とりとめのないような買い物をしながら、町をぶらつくのも楽しいものである。町の真ん中を流れる川の、ちょっとドブ臭いような温泉の香りも、なかなか情緒があってよろしい。

　もっとも、本人は気がつかないけれど、白いテニス帽を被った小肥りのおっさんが、おばさんたちに混じって、ビニールの買い物袋をぶら下げて歩く姿は、傍目《はため》にはよほど風変わりに映るらしい。

　そう思ってみると、たしかに、昼日中、のんびり買い物をしているおじんなど、一人もいやしない。カタギの人たちが、いったいあいつは何屋なのだ？——と、怪しむのも無理がない。

何度めかのとき、肉屋の奥さんに、「毎度ありがとうございます。こちらにお住まいですか？」と訊《き》かれた。七百三十円の肉しか買わない上得意だから、敬意を表したのかもしれない。

「ええ、まあそうです」

ぼくは鷹揚《おうよう》に答えた。

「最近、お見えですね」

「去年の春です」

「いつもお独りですけど」

「そう、独り暮らし。いうなれば単身赴任ですね」

「あ、そうなんですか。お仕事は？」

すると横からだんなが、「失礼なことを訊くなよ。定年退職なさったんだろ」と細君をつついた。

「あら、あんたこそ悪いこと言って。まだ四十五、六でしょう？　ねえ」

「あははは……それは褒めすぎですよ」

定年退職と四十五、六では、プラスマイナスどっちが大きいのか、怒っていいのか喜んでいいのか、判断に窮した。

ぼくは完全な余所者《よそもの》だから、網代には一人の知り合いもなかった。もともとシャイで付き合いの下手な男なので、言葉を交わすのはマンションの管理人夫婦ぐらいなものだ。町でたまに声をかけられそうになると、また定年退職者にされはしないかと、コソコソ退散したくなるのである。

ところで、網代に来るようになって間もないころから、マンションの近くに得体の知れない店があるのが、ずっと気になっていた。

屋根と壁を黒と白で染め分けたような、和風の平屋である。一見した感じではしもたやふうだが、〔月照庵〕という、看板ともいえない小さな表札のようなものがあって、その下に「十時～五時　水曜定休日」と書いてあるところをみると、どうやら何かの店ではあるらしい。

月照といえば、西郷隆盛と一緒に入水《じゆすい》して死んだのが、たしかそんな名前の坊さんだった。ひょっとしたら、美貌の庵主《あんしゆ》さんがいて、お茶をいれながら、ありがたーい説法でも聞かせてくれるのかな――などと、勝手な想像が浮かぶ。それがふしぎではないほど、ひっそりとした佇《たたず》まいなのである。

道路から玄関までのわずかな地面に、鉄平石を貼って、笹の植え込みがあったり、脇には筧《かけひ》の水が手水鉢《ちょうずばち》に落ちていたり、閑雅な風情がある。

ただし、よほど浮世ばなれして商売気がないのか、「水曜定休日」とあるくせに、年中有休のごとく、よく休む。今日こそ入って、何の店なのか確かめてやろう——と意気込んで行くと、必ず閉まっている。

かといって廃業したわけではないらしい。前を通ると、ときどき軒の行灯《あんどん》に明かりが入っていて、鉄平石に水を打ってあったりする。上品な中年女性客が、三、四人連れ立って出入りする姿も見た。

この店の正体を知ったのは、つい最近のことである。浅見光彦が遊びに来たのを連れて、昼飯に〔さつき寿司《ずし》〕へ行った帰りに、思いきって入ってみることにした。

網代には寿司屋はたぶん六、七軒あると思う。ぼくはそのうち四軒を食べ歩いてみたが、何のことはない、マンションからいちばん近い〔さつき寿司〕がいちばんいい。東京・銀座の〔久兵衛〕で修業したという、山本譲二に似た亭主と、少しオミズっぽい美人のカミさんでやっている店で、安くて美味い。

日頃、ろくなものを食わせてもらっていないらしく、浅見は欠食児童のように、遠慮会釈もなくよく食ったが、それでも二人で一万円以内におさまったので、ぼくは内心ほっとした。帰りに〔月照庵〕に寄る気にもなったのは、そのせいである。

「浅見ちゃん、あそこの店、やってるかどうか、覗《のぞ》いてみて」

ぼくはさり気なく命令した。自分で確かめに行って、妙なやつだと思われるようなヘマはしたくない、用心深い性格だ。

「は？　あの店って、あれですか？」

浅見も〔月照庵〕が「店」であることを、とっさには理解できず、一瞬とまどったが、根が単純だから、あまり疑わずに、水を打った敷石を大股《おおまた》に二歩で跨《また》いで、シックな格子戸をガラガラ開けて首を突っ込んだ。

「やってますって」

すぐに振り返って言った。ぼくは「チェッ」と舌打ちをした。あれじゃ、まるでぼくが様子を確かめにやったように思われてしまうではないか。

明るいところから入ったせいか、店の中はやけに薄暗かった。外観と同様、白と黒に塗り分けたようなインテリアである。

インテリアというとたいそうモダンだが、なに、壁と柱とテーブル程度しかない、素朴といえば素朴な造作だ。入ったところが、那智黒《なちぐろ》を敷き詰めた、四、五坪の土間になっていて、そこに四人分のテーブルと椅子が二セット置かれている。

左手は八畳ばかりの、明らかに茶席用と思える座敷である。専門的には何ていうのか知らないが、奥行きのない床の間みたいなところに、細身の掛け軸が掛かり、その下には侘助《わびすけ》が活《い》けてある。

座敷の右手方向には襖《ふすま》で仕切られた小部屋があるほか、土間の奥にも、まだ座敷があるらしい。

「おいでなさいませ」と声がして月照尼が現われた。いや、尼さんではないが、尼さんのような雰囲気をもった女性であった。薄い茶系統の地に、淡い彩色で秋の草花をあしらった、品のいい和服姿である。

四十歳代なかばか、あるいはもう少し上だろうか。にっこり微笑んで、わずかに首をかしげた様子は、まるで童女のようにあどけない。しかも色白でなかなかの美人だ。

「えーと、お茶を飲ませていただけるのですか？」

ぼくはいくぶん慌てぎみに訊いた。

「はい、お点《た》ていたしますけれど」

月照尼は「どうぞお掛けくださいませ」とテーブルを指し示した。

ぼくと浅見は、面接試験を受ける学生のように硬くなって、椅子に腰を下ろした。

月照尼は小さな木皿に載せた和菓子を運んできた。和菓子の名前といえば、キミシグレとクズザクラぐらいしか知らないぼくには、表現のしようもないが、とにかく、色といい、姿かたちといい、上品な菓子だ。

「しばらくお待ちください」

月照尼は菓子を置いて引っ込んで、ほんとうにしばらくのあいだ、ひそとも音がしなくなった。

「これ、食べてもいいんですかね？」

浅見は菓子に指をつき立てるようにして、教養のないことを訊いた。もっとも、こっちも教養がないから、食べていいのか悪いのか分からない。かといって、知らないと答えるのも業腹だから、

「食べたければ食べる。食べたくなければ食べない。すべからく道というのは、自在なものであるよ」

しかつめらしい顔で教えてやった。

「ぼく、食べたいひと」

浅見は駄々っ子みたいなことを言って、無造作に菓子をつまむと、ふた口で食った。

「うん、美味《うま》い美味い、先生、けっこう美味いですよ」

指の先をしゃぶりながら言う。道も風雅もない野蛮人だ。小皿には爪楊枝《つまようじ》のオバケみたいなのが添えてある。その用途も気づかないのだから情けない。

ぼくはおもむろに爪楊枝のオバケを執って、菓子を真半分に切断した。

解剖してみて分かったのだが、中の、いうなれば地球のマグマに相当する部分は、栗色のアンコで、その周辺を牛皮のような素材で包んである。

ぼくは上品に、アンコの真ん中に爪楊枝のオバケを突き刺し、持ち上げて口に運ぼうとした。

そのとき、目の端に、月照尼が現われるのが見えた。とたんにアンコが崩れ、地球

の半分はテーブルに落下し、小皿の端を痛撃したために、小皿ははじけ飛び、地球の残り半分がテーブルの上を転がって、那智黒の土間に落ちた。

月照尼は「あっ」と小さく声を発した。そして、そのはしたなさを恥じるように、

「ただいま、代わりをお持ちいたします」と言ってくれた。

「いや、それには及びません」

ぼくは奥床しい性格だから遠慮した。

「でも……」と月照尼が言うのに、浅見は「いいんです」と手を振って言った。

「拾って食べますから」

むろんジョークだが、われわれのあいだだけならともかく、純真無垢《むく》の彼女には通じない悪い冗談だ。案の定、「えっ……」と絶句して、ぼくの手元を見つめた。本気で、拾って食べると思ったらしい。

「ははは、まさか、拾い食いはしませんよ」とぼくは笑って、「人の見ている前では」と付け加えた。

「あははは……」と浅見は大いに喜んだが、月照尼は脅《おび》えた目で、二人のおかしな客の顔を交互に見た。手にした盆の上で、せっかくのお抹茶が冷えてしまう。

「すみません、ばかなことばかり言って。気にしないで下さい。お茶をいただけますか」

「あ、はい、申し訳ありません」

月照尼は気の毒なほど恐縮して、作法を忘れたような、慌てた手付きで茶碗《ちゃわん》をテーブルの上に置いた。

「この男は浅見といいましてね、フリーのルポライターをやっているのです。旅関係の記事なんかをしょっちゅう書いているから、今度は網代のことを紹介させようと思いましてね。それで、手始めに、おたくを訪れたというわけです」

彼女を慰めるつもりで、ぼくはたったいま思いついたことを言った。とっさの場合にこういう機転がきくのも、ぼくの長所といえようか。

浅見は呆《あき》れ顔で、しばらくポカーンとしてから、ぼくに催促されて慌てて名刺を差し出した。例によって肩書のない名刺だ。これじゃ、ますます胡散《うさん》臭く思われるかな──と危惧《きぐ》したとおり、月照尼は小首をかしげて、ついでに形のいい華奢《きゃしゃ》な指を頬のあたりに添えるようにして、「あら？……」と小さく呟《つぶや》いた。

「あ、肩書がないのがご不審でしょうけれど」と、ぼくは急いでフォローしなければならなかった。

「それはフリーで、しかもカネになることなら何でもやってしまう、節操のない職業だから当然なのです。本人はともかく、家柄のほうはしっかりしています。決して怪しい者ではありませんから……」

「いえ、そんな、怪しいだなんて……」

月照尼は驚いて、ぼくの解説を遮った。

「そうではございませんの。あの、浅見さんのお名前、昨日、お聞きしたばかりなものですから、びっくりして……」

「は？　僕の名前を、ですか？」

浅見のほうがびっくりした。

「ええ、親戚《しんせき》のコから、浅見さんのこと……あの、名探偵でいらっしゃるとか……でも、その浅見さんでしょうかしら？」

「いや、それは……」

浅見が否定しそうになったので、ぼくはすかさず「そのとおりですよ」と言った。

「浅見は名探偵と虚名の高い男です。もっとも、その虚名を作るのには、かなりの苦労を要しましたがね」

「はあ……」

月照尼は、ぼくの言う意味がよく分からなかったらしい。

「つまり、あれです、彼の虚名を高からしめたのは、ぼくの筆力の賜物なのです」

「はあ、あなたさまの……」

「そうです、ぼくは内田《うちだ》という者ですが」

「はあ、内田さま、ですの……」

どうやら月照尼は、親戚のコから、浅見の〔事件簿〕の紹介者である、ぼくの名前は聴いていないらしかった。そういう例は、ままある。シャーロック・ホームズの名前を知っていても、彼を小説という形で紹介したのが、コナン・ドイルであることを知らない人間は多い。だから、ぼくもべつに悔しいともショックだとも思わなかった。

「ところで、あなたのえーと、親戚のコ……というと、娘さんですか？」

「はい、女のコです」

「彼女は、浅見のことを何て言ってるんですか？」

「はあ……いえ、ただお名前を申しておりましたけれど……」

「なるほど。それはあれですね、ぼくの書いた小説が面白いという話題の中で、彼の名前が出たと……そういった状況ですね」

「いえ、小説とか、そういうことは申しておりませんで、ただ、浅見光彦様のお名前を、その、何となく……」

「あ、そう、何となく、ですか……」

ぼくは憮然《ぶぜん》として、ぼんやりしている浅見に「早く飲まないと、冷めちゃうよ」と催促した。

浅見は大きな茶碗の底に澱《よど》んでいる、緑色の液体を音を立てて啜《すす》った。行儀が悪いったらありゃしない。

だいたい、こんなアオコみたいな液体をありがたがって飲む連中の気がしれない。こんなものより、二番煎《せん》じのウーロン茶で、大福餅《もち》を食ったほうが、まだましだ。それでも浅見はまだしも菓子を食えたからいいようなものの、ぼくの菓子は土間の上で平たくなっている。

「お勘定を」

と、ぼくは、多少やけくそで言った。

3

月照尼は、あどけない笑顔と華奢な手で、情け容赦もなく、ぼくの手から規定の料金をふんだくった。飲み残した抹茶も、土間に落ちた菓子も割り引きの対象にはならないものであるらしい。

外に出ると、網代の空の明るさに、目が眩《くら》んだ。そんなことまでいまいましい。浅見はさっさと通りを渡って、眩《まぶ》しい空を見上げながら、呑気《のんき》そうな顔で歩いている。ひとにカネを払わせておいて、「御馳走《ごちそう》さま」を言うどころか、置き去りにするつもりらしい。

ぼくは小走りに追いついて、「おい、何とか言ったら……」と声をかけようとした。

「ねえ先生、どう思います？」

浅見はふいに振り向いて、言った。

「どうって、何が？」

「彼女の不幸を救って上げるべきでしょうか？」

「彼女の不幸？……」

浅見は、幼児性が抜けていない男だから、こんなふうに断片的に、しかも独り合点で物を言うヘキがある。ぼくのように頭の回転が早い人間でないと、理解できない。

「そりゃまあ、ぼくとしても考えなかったわけじゃないよ」

「あ、やっぱり先生もそう思いますか」

「当たり前だよ。きみと違って、一人前の男なら、誰だって、彼女のような美しい未亡人を救ってやりたくなるものだ」

「えっ、彼女は結婚していたのですか？」

「そりゃ、そういうことになるね。結婚は未亡人になる第一条件だからね。免停になる第一条件が免許取得であるようなものだ」

「ははは、すごい論理ですねえ」

浅見は感心して、「しかし、あの話しぶりからだとずいぶん若い感じで、未亡人とは思えませんでしたけどねえ」と首をひねった。

「若いったって、それほどの若さじゃないだろう。四十五、六歳かな。立派に未亡人の資格はあるよ」

「えっ？　あ、違いますよ。いやだなあ、あははは……」

浅見は天を仰いで笑いだした。失礼なやつだ。

「僕が言ってるのは、〔月照庵〕のママじゃなくて、ママが言っていた、親戚のコという、そっちの女性のことですよ」

「ん？　なんだ……それならそうと言えばいいじゃないか」

ぼくは自分の下心が見抜かれたようで、面白くなかった。

「だけど、浅見ちゃん、たしかきみは、彼女の不幸とか言わなかったか？」

「ええ、言いましたよ。彼女の不幸を救って上げたほうがいいかどうか――と」

「ほらみろ、だからぼくは……ん？　何で不幸なんだ？　え？　その親戚のコがどうして不幸であったりするわけ？」

「よく分かりませんが、何かの事件に巻き込まれたのでしょうね。ひょっとすると、身内の人か恋人が殺されたのかもしれないな」

「えっ？　あは、あはは、何を言ってるんだい？……」

ぼくは笑ったが、ひょっとすると、浅見はすでに何かを知っていて、そんなことを言うのかと、一瞬、錯覚した。しかし、どう考えたって、浅見がぼく以上に網代のことを知っているはずはないのであった。

「……そんな当てずっぽうみたいなことを言っちゃって。何も知らないくせに」

「知らないけど、だいたい分かりますよ。先生だって、あのママが未亡人だって、分かったじゃないですか」

「え？　ああ、それはまあ、そうだが……」

「未亡人」というのは、ぼくの願望を込めた観測であって、ほんとにそうなのかどうか、知ってるわけじゃない――とは、いまさら言えなかった。

「しかし、彼女の親戚のコが不幸……それも、なんだって？　身内が殺されただって？　そこまで言っちゃ、でたらめも過ぎるんじゃないのか？」

「いや、でたらめじゃありませんよ。先生は気がつきませんでしたか？」

「何が？」

「親戚のコのことで質問したとき、〔月照庵〕のママの返事が微妙に揺れていたでしょう」

「ん？……」

ぼくはそのときの情景を思い出そうとしたが、無駄な努力であった。

「ほら、その娘さんが僕のことを何て言っていたかって訊《き》いたじゃないですか」

「ああ、そういえば、そんなことがあったっけ」

ぼくは昔のことを回想するように言った。べつにアルツハイマーが進行しているわけではないけれど、どうも近頃、忘れっぽくていけない。明らかに仕事のしすぎだ。

「そのときのママの様子を観察していたのだけど、あれはただごとではありませんね」

町のおばさんが三人、擦れ違ったので、浅見は少し声をひそめて、言った。

ぼくたちは、駅へ行く道をゆっくり歩いた。浅見は一歩ごとに言葉を選ぶような喋《しゃべ》り方をした。

「ママのあのオドオドした眼の動きや、センテンスが切れぎれで、抑揚に乏しい話し方から察すると、何か、よほど重い命題を抱えているのですよ。それはママ自身のことではなく、親戚《しんせき》の娘さんの問題であることは確かです。しかも、見ず知らずの相手に打ち明けるには、かなりの逡巡《しゅんじゅん》を伴うような問題です。ママはついうっかり口走ってしまって、うろたえながら、思い惑っていましたね。しかし、話したい気持ちもあったはずで、あのとき、先生が急がなければ、ひょっとすると話してくれたかもしれませんよ」

「なんだ、それじゃまるで、ぼくのせいでチャンスを逸したみたいじゃないか」

「みたい、じゃなくて、まさにそのとおりだと思いますよ」

「すみません、根が正直なものですから……しかし、聞かなくても、おおよその見当はついているのです」

「それがさっき言った、身内が殺されたとかいう、でたらめかい？」

「ひどいなあ、でたらめじゃないですって。ママの親戚のコは、その種の不幸な事件に巻き込まれているにちがいありませんよ。何なら賭《か》けてもいいですが」

「賭ける？　刑事局長の弟の言う科白《せりふ》とは思えないね。第一、ぼくはそういうギャンブルのたぐいは嫌いなのだ」

「あ、またそういう嘘を……マージャンとチンチロリンで編集者をカモッたそうじゃないですか」

「ん？　そんなことがあったかな」

ぼくはすぐにアルツハイマーを装った。

「なぜ僕が確信を抱くかというとですね」

浅見は真顔になって言った。

「まず何よりも、親戚のコが僕のことを〔月照庵〕のママに話したことです。それも、残念ながら、先生の小説が面白いという話ではなかったらしい。小説の登場人物というのではなく、単純に、名探偵——と自分で言うのもなんですが——としての僕の名前を話しているわけで、たぶん、話の内容としては、『浅見という名探偵がいるのだけれど……』といったものだったのでしょう。そうは思いませんか？」

「ああ、まあ、そうだろうね」

「それから、きっと、こう言ったのですよ。『信用できるのかしら？』とですね。あるいは『ほんとに名探偵なのかしら？』かもしれない」

「…………」

「それに対して、〔月照庵〕のママは、おそらく否定的に反応したのでしょうね。そんなの、あてにならないに決まっている――とかいうふうに」

「…………」

「そこで親戚のコも沈黙してしまった。ところが、〔月照庵〕のママとしては、思いがけず、僕本人に出会って、狼狽《ろうばい》のあまり、つい親戚のコの話を口にしたものの、すぐに、しまった――と思った。なぜしまったのかは、ことがあまりにも重大すぎる問題だからです。どの程度重大かは、ママのあのときの、目の中に揺らめいた狼狽と恐怖の色を読み取れば、なみなみならぬものであることが分かります。つまり、親戚のコが、小説の中でしか知らない探偵に相談しようかと、思いつめるほどの、重大かつ恐ろしい事件といえば、これはもう、殺人事件だと考えて間違いないでしょうね」

「…………」

「だとすると、当然、警察の捜査が行なわれているはずであるのに、あの様子からはそういう気配が伝わってこない。ことによると、その親戚のコは、警察に対して信頼感を失っていると考えられますよ」

目の前に網代駅の粗末な建物が近づいていた。ぼくがずっと黙っていたのは、眠ってしまったわけではない。さすがのぼくも、浅見の誇大妄想的な話に、へきえきしてしまったのである。

「呆《あき》れたね」

ぼくはついに我慢できずに、言った。

「よくもまあ、そういう無責任な発想ができるものだ。ぼくもいいかげんなことを言ったりしたりするのは、かなり自信があるほうだが、浅見ちゃんには勝てないよ」

「いいかげんじゃないですよ」

浅見はむきになって、怖い顔をした。

「まあ、いいからいいから。そんなことより、恐怖の雪江《ゆきえ》未亡人に、干物でも買って、さっさと帰りなさい」

「だめですよ、おふくろは歯が悪くて。このあいだ、尾道で干物を買って帰ったら、どういう皮肉かって、おこられました」

「素直じゃないからねえ、あのひとは。しかし大丈夫、網代の干物は柔らかいの。噛《か》めなきゃ、ペチャペチャしゃぶっていればいいって言ってやれば」

「そんなこと言えっこないでしょう……あ、そういう話じゃなくて、〔月照庵〕のママのですね……」

「もう分かったって。ほら、早く行かないと電車が来ちゃうよ。次の列車まで一時間もあるんだから」

事実、東京直通の『踊り子号』は、一時間に一本の割合で走っている。

浅見は仕方なさそうに切符を買って、改札口を入って行った。

4

網代のカンヅメ生活は、それから五日間で、ひとまず終了することになった。

カンヅメも十日前後がリミットで、そのころになるとホームシックにかかる。軽井沢のキャリー嬢にむしょうに会いたくなる。テレビに犬が出てきたりすると、もうたまらない。テレビの画面に向かって、「あんな駄犬がなんだ、うちのキャリーちゃんのほうがずっと可愛い——」などと毒づいたりする。

午前中には原稿の目鼻がついた。明日の朝、T書店のM女史が原稿を取りに来れば、しばらくは網代ともお別れだ。

昼飯は〔さつき寿司〕で寿司《すし》をつまんだ。軽井沢暮らしに不満はないが、寿司の美味《うま》い店がないのが唯一困る。東京はべらぼうに高いばかりだし、網代に来て最大の楽しみは、〔さつき寿司〕である。

（これで、帰りに交通事故にでも遭うと、食い納めかも――）

などと思うと、つい、意地汚く食い過ぎたりする。

それにしても、近頃はトシのせいか、どうも妙なことを考える。その点、ばかみたいに幼稚なところがあるけれど、浅見はいつまでも若くて羨《うらや》ましい。

腹ごなしの散歩がてら、駅前の〔瀬賀和〕に行った。お茶を飲んで、ついでに土産のお菓子を買うつもりだ。

シーズンオフのウィークデーとあって、店は空《す》いていた。脇の喫茶室に入って行くと、正面奥のテーブルに、例の「少女」が独りで坐《すわ》っていた。

ぼくの視線を感じたのか、「少女」はチラッとこっちを見た。

ぼくは帽子を脱ぐついでに、なんとなく、軽く会釈を送った。

少女も反射的に小さく頭をさげたようにも見えたが、むしろ、敵意に燃えた、鋭い目つきのほうが印象的だった。ヘンなおじさんが馴《な》れ馴れしく挨拶《あいさつ》したので、警戒したのかもしれない。

ぼくは他意のないことを示すために、いそいで視線をはずし、腰を下ろした。

若いお嬢さんが注文を取りにきたので、ぼくは「お抹茶を」と頼んだ。このあいだ失敗した〔アオコ〕に再度、挑戦する気だ。ヤマトオノコと生まれきて、抹茶の味も分からないようでは情けない。

お嬢さんはお菓子を運んできた。どういうものか、お菓子とお茶は一緒に持ってこないのが、お茶の作法というものらしい。甘い菓子をひと口食べて、苦いお茶を啜《すす》り、また甘いのを食べる――ほうが、どれほど美味いかしれないと思うのだが、作法とは面倒なものではある。

出された菓子を見て（あれ？――）とぼくは思った。先日、浅見と行った〔月照庵〕で出た、いわくつきのお菓子とそっくりなのであった。

（網代地方では、この菓子が流行なのかな――）

前回のテツを踏まないように、ぼくは注意深く菓子皿に立ち向かった。

このあいだは、菓子を半分に切断したのが間違いのもとであった。その失敗に鑑《かんが》み、ぼくは爪楊枝《つまようじ》のオバケを、丸のままの菓子に突き刺した。こうすればアンコが崩れる心配もない。

ぼくは得々として、菓子を持ち上げた。

その瞬間である。頭の上から「あの」という声が落ちてきた。

ギョッとして見上げると、例の「少女」の鋭い眸《ひとみ》がこっちを睨《にら》んでいる。

ぼくは無意識に背を反らせた。とたんに、菓子は慣性の法則どおり、その位置に止まろうとして、爪楊枝の先を離れ、ぼくの長い二本の脚のあいだを落下していった。

「あっ」「あっ」というソプラノがデュエットで聞こえた。

例の「少女」の隣に、お茶を運んできたお嬢さんが、困った顔で立ちすくんでいた。

「ごめんなさい」

驚いたことに、「少女」が、あの怖い顔からは想像できない、消え入るようなしおらしい声で謝った。

どういうわけか、ぼくは「ははは」と空疎に笑った。日本人は妙なときに笑う、気色の悪い人種だ――と、欧米人は言うらしい。余計なお世話だ。おかしくなくても、ときには悲しくても笑ってみせる、わが日本人の情感の濃《こま》やかさ、不思議さが、あの連中に理解できてたまるか。

「いや、いいんですよ。気にしない、気にしない」

ぼくは鷹揚《おうよう》に言った。

「いえ、申し訳ありませんでした。すぐにお持ちします」

そう言ったのは、どういうわけか、お嬢さんではなく「少女」のほうだった。「少女」はお嬢さんにVサインのように指を立てた。どういう意味があったのか、お嬢さんは頷《うなず》いて、お茶を置くと、そのまま立ち去ったが、じきに戻ってきた。

「お待たせいたしました」

テーブルに載せた皿には、お菓子が二個、並んでいた。Vサインの意味がそれだったらしい。このぶんだと、二個を落とせば四個になって戻ってくるかな——と、一瞬、さもしいことを考えた。

「ここに坐ってもいいですか？」

「少女」はしおらしい声で言って、しかし、返事を待たずに、ぼくの向かい側の椅子に腰を下ろした。

ぼくは今度こそ用心して、皿を口元まで持っていって、菓子を丸ごと口に入れた。丸ごとでもいい程度の大きさなのであった。

「あの、失礼ですけど、推理作家の内田さんですか？」

「少女」はおそるおそる訊《き》いた。

「えっ、きみ、ぼくのこと知ってるの？　ああ、そうですよ、ぼくが内田です」

ぼくはそのとき、（どうだ、浅見め、おれだって知る人ぞ知るなのだ！——）と、胸の内で快哉《かいさい》を叫んだ。

「あ、やっぱり……」

「少女」は嬉《うれ》しそうに両手を合わせた。

「叔母《おば》がそう言っていたんです。浅見光彦さんと一緒に、白い帽子をかぶったおじさん……あ、いえ、紳士がいらしたって。浅見さんが先生って言ってらしたそうだし、話の様子から、たぶんその方が内田さんじゃないかしらって、思ったんです」

「あっそ……」

ぼくは(ま、いいか——)と思うことにした。

「そうなの、きみがあの月照尼の言ってた親戚《しんせき》のコなのね」

「は？　ゲッショウニっていいますと？」

「あ、そうじゃなくて、〔月照庵〕の奥さんという意味ですよ」

「ええ、そうです。あれは私の叔母なんです。言い遅れましたけど、私の名前は曾宮一恵って言います。よろしくお願いします」

「そう、曾宮さんね。内田です、こちらこそよろしく」

二人はあらためてお辞儀を交わした。

「じつは……」

言いかけて、曾宮一恵はためらった。ためらう理由は、むろん察しがついている。

「分かりますよ」

ぼくは静かに言った。

「きみを襲った不幸な出来事のことはね」

「えっ！じゃあ、ご存じなんですか？　叔母が喋《しゃべ》ったんですか？」

曾宮一恵は、少し気色ばんで言った。月照尼には口止めをしてあったようだ。

「いや、叔母さんからは何も聞いていませんよ。そうではなくて、ぼく一流の推理力をもってすれば、その程度のことは分かってしまうのです」

「ほんとですか？」

曾宮一恵は、疑わしい目で、心配そうにぼくを見つめた。

「ほんとですとも。きみのお身内が亡くなった事件のことなんか……」

「嘘っ……」

曾宮一恵は、両掌で口を押さえた。

「やっぱり、殺されたの？」

ぼくは調子に乗って、追い撃ちをかけた。曾宮一恵は、口を押さえすぎて窒息してしまうのではないか——と心配なほど、硬直して、黒目がちの目をいっぱいに開いて、恐怖と尊敬の眼差《まなざ》しをぼくに注いでいた。

「どうして……」と、やがて彼女はかろうじて言った。

「どうしてお分かりになるんですか？」

「それは分かりますよ。たとえば、あなたが〔月照庵〕の奥さんに、浅見光彦のことを話したりしたことだけでも、いろいろなことが分かる。それから、あの奥さんが、いったんその話をしかけながら、急にためらって、何かを包み隠そうとした様子なんかを、つぶさに見つめ、推理を展開すればいいのです。それに、きみはひょっとすると、自分の不幸な事件について、警察の捜査に対する信頼を失ってしまっているのじゃないのかな」

「ほんと……」

曾宮一恵は深い溜《た》め息をついた。

「すごいんですねえ、推理作家って……」

「ははは、いや、なに、それほどでもありませんよ」

「いいえ、ほんとに心の底からびっくりしました。ほんとのこと言うと、私は内田さんの小説は、単に浅見光彦さんの推理を横取りして、適当に脚色して書いていらっしゃるのだとばかり思っていたんです」

「えっ、あ、あははは、そういうことだってありますよ」

「でも、いまのお話を聞いて、決してそうじゃないことがよく分かりました」

そうじゃないどころか、モロに浅見の推理を横取りしているのだから、ナイーブな性格のぼくは、しだいに後ろめたくなってきた。

「じつは、私は最近、内田さんの書いた『上野谷中殺人事件』を読んで、それで、浅見さんにお会いして、私の話を聞いていただこうと思ったんです」

「ああ、あれね……」

『上野谷中殺人事件』というのは、殺人事件の容疑者にされた青年が、ぼく宛てに手紙を書いて、なんとかして真相を解明してもらえないか——と救いを求めてきたのが発端だった。

ぼくは困った人を見れば、すぐに助けたくなるボランティア精神旺盛《おうせい》な人格者だから、早速、その面倒で一文にもならない話を浅見に押しつけた。

ところが、ぼくがせっかく浅見に相談したのに、浅見はいともあっさり断った。

「おふくろがうるさくて、身動きが取れないのですよ」と言い訳した。なに、身動き取れないのは、おふくろさんのせいではなく、単にガソリン代がないからに決まっている。

そうこうしている間に、相談者である青年が「自殺」してしまった。

浅見は気の小さい男だから、かなりショックだったらしい。青年が死んだのは、自分の責任だとばかりに、ひどく後悔していた。後悔するくらいなら、ぼくが話したときに、すぐに対応していればよかったのだ。まったく無責任な男だ。

警察のほうは、青年が逃げられないと観念して自殺した——と断定、事件に終止符を打った。それで事件は一件落着——のつもりであったらしい。

しかし浅見は、自殺に見せかけて、じつは殺されたのではないか——と青年の死に疑惑をいだき、遅まきながら「捜査」に乗り出した。その結果、二つの殺人事件をあざやかに解決することになるのだが、だからといって青年のいのちが戻ったわけではない。

なんとも後味の悪い、苦い経験になったわけだが、その苦い経験が、人間を精神的に成長させる。まあ、浅見にとってはいいクスリではあった。

「その前から、内田さんの本やテレビで、浅見さんのことは知っていたんですけど」

曾宮一恵は言った。

「浅見さんて、卓越した推理力ばかりでなく、人間の心の深層にある悲しみを思い遣《や》る、たぐい稀《まれ》な優しさの持ち主だなあって、私なりにイメージしていました」

(へえーっ——)と、ぼくはひそかに舌を巻いた。こんなうまい言い回しは、なかなかできるものではない。まるで、ぼくが書く文章のようだ。

「じつは……」と、曾宮一恵はさらに言葉を繋《つな》げた。

「……私は一度死んだことがある人間なのです」

「は?」

「いえ、私自身としては、殺されたのだと信じておりますけれど……」

「へっ?」

ぼくは不安になってきた。どうも話がうますぎると思ったのだ。こんな美少女が向こうから声をかけてきて、ぼくの作品の愛読者であって、お菓子が二倍になって……。

その気配を察知したのか、曾宮一恵は不安そうに言った。

「あの、内田さんはきっと、私のこと、頭がどうかしているんじゃないかって、そう思われるでしょうね？」

あまりにも図星だったから、ぼくは「ははは、そんな……」と笑ってごまかした。

「いいんです。警察でもさんざん、そう言われつづけてきましたから。そうなんです。さっきおっしゃったように、私は警察のこと、だから、信頼していないんです」

「なるほど、よく理解できますよ」

ぼくにしてみれば、彼女の主張を理解したわけでなく、警察が当惑するのが理解できたといったつもりなのだが、曾宮一恵はそうは思わなかったようだ。

「ほんとですか？　嬉しい。やっぱり内田さんは浅見さんみたいに、優しい方なんですねえ」

胸の前で両方の手を結ぶようにして言って、ふっと涙ぐんだ。

第二章　幽体離脱

1

ぼくは無意識に時計を見た。正直なところ、曾宮一恵の精神状態に、いささか不安を感じ始めていた。彼女にいま必要なのは、ぼくのような有能な推理作家よりも、カウンセリングのできる心理学者なのだ。

「そろそろ、お客さんが混みはじめるんじゃないかな。深刻な話をするのには、あまり適当じゃないですね」

ちょうど、新しいお客が入ってくるのが見えたので、ぼくは腰を浮かせながら、そう言った。

「ええ、そうですね」と曾宮一恵はわりとあっさり、同意した。

「あの、叔母《おば》のところへ行ってくださいませんか？」

「叔母さんていうと、〔月照庵〕の？……そうですねえ」

ぼくの脳裏を、月照尼のあのあどけない笑顔がよぎった。

その十分後には、ぼくと曾宮一恵は〔月照庵〕の、奥まったほうの小部屋にいた。詳しいことは知らないが、たぶん本格的な茶室といっていいのだろう。躙口《にじりぐち》もあるし、小さな炉も切ってある。窓の外は坪庭になっている。

「ほんとうにありがとうございます」

月照尼は敷居の上で丁寧に礼を言った。お茶とお菓子を出すと、もう一度、「よろしくお願いいたします」とお辞儀をして、引き下がって行った。

ぼくたちのほかにお客がいる気配はない。おそらく、曾宮一恵のことは、ぼくだけに任せるつもりなのだろう。そこまで信頼され、お願いをされると、もはや退却は許されない心境になってきた。

名探偵は浅見だけではない。本家本元がいることを、この際、知らしめるチャンスかもしれないのだ。

「じゃあ、話を聞かせてもらいましょうか」

ぼくは姿勢をあらためて、言った。

「一度死んだことがあるって、それは意識を失ったということ？」

「いえ、それ以上です」

曾宮一恵は、悲しそうに頭を振った。

「あとでお医者さんに聞いたところによると、心臓も停まって、瞳孔《どうこう》も開いていたそうです。だから、少なくとも、瞬間的には死んだんです」

「それで、殺されたというのは、誰かに襲われたの？」

ぼくは、レイプのような状況を想像して、いやな気分になった。

「いえ、そうじゃなくて、私たちは毒殺されたんです」

「毒殺……えっ？　私たち――って、きみのほかにも殺された人がいたの？」

「ええ、父と母が殺されました」

曾宮一恵が、あまりにも平然と答えたので、言葉の内容が持つ深刻な意味が、しばらくピンとこなかった。

「ふーん、それで、ご両親もやっぱり、きみと同じように殺されたって、そうおっしゃっているわけ？」

「えっ？　まさか……両親は生き返らなかったのです」

「あ、そうだったの……」

彼女に悔やみを述べるのも忘れるほど、ぼくは頭が錯乱しそうだった。

「そうすると、つまり、ご両親ときみは、毒殺されたんだけど、きみだけが生き残ったと、そういうことなんだね」

「そうです」

「しかし、それだったら当然、警察だって調べたのじゃないかな」

「調べたそうです」

「その結果はどうだったの？　警察は何て言ってるの？」

「それらしい形跡はないって、そう言ってました。でも、警察は間違ってます」

「間違っていてもいいから、とりあえず、警察の考えを聞かせてもらえませんか」

ぼくは少し焦《じ》れて、言った。

「警察は、心中だろうって」

「心中？」

「ええ、父が……つまり、無理心中をしたのだろうって言うんです」

曾宮一恵は悔しそうに唇を噛《か》みしめた。

「どうしてそう判断したのかな？　遺書があったの？」

「遺書は……あれが遺書だというのなら、二つ、ありました」

「どういうこと、それ？」

「警察は遺書だと思ってるんですけど、あんなの、遺書だなんて……」

「まあまあ、きみの考えはこの際、おいといて、警察の判断をまず聞かせてください」

「一つは、書類入れにあったんです。借金の書類の上に、父が、金融会社に宛てて、『誠に申し訳ありません』って書いた便箋《びんせん》が載っていました。でも、これはただ、借金が返せないことへのお詫《わ》びで、遺書なんかじゃないでしょう?」

「うーん、まあそうとも言えるかな……それから?」

「それから、母の宝石箱の二重底の中にも、父の書いたものが入っていたのです」

「それには何て書いてあったの?」

「こう書いてありました」

曾宮一恵は目を宙に向けて、暗唱した。

「ご期待を裏切って申し訳ありませんでした。死をもってお詫びいたします」

ぼくはしばらく間を取ってから、言った。

「それだと、確かに遺書のようだけど」

「ええ、でも、遺書だとしたら、何であんな分かりにくい場所に隠したのかしら?」

「なるほど、それはそうだが……その遺書は誰に宛てたもの?」

「祖父です。つまり、母の父です。春田《はるた》雅之《まさゆき》といって、京都の宇治にいます。ここの叔母は母の妹にあたるんです」

「そのお祖父《じい》さんの期待を裏切ったというのは、何のことだろう?」

「たぶん、商売が思ったようにうまくいかなくて、そのことを……でも、そんなことで死んでお詫びするなんて、ぜんぜん考えられないし……ほんとのこと言うと、私には何が何だか分からないんです」

曾宮一恵は張り詰めていたものが崩れたように、全身から精気が消え失《う》せた。「遺書ではない」と言いながら、二つめのものについては、遺書であることを認めないわけにいかないのだろう。

「ところで、さっき、一度死んだことがあるって言っていたけど、あれはどういうことなの？　近頃流行の、臨死体験とかいうやつなのかな？」

ぼくの言い方は多少、やゆするようなニュアンスにひびいたのかもしれない。曾宮一恵は眉《まゆ》をひそめ、しかし、そういう扱いには慣れているとでも言いたげに、「ええ」と胸を反らせるようにした。

「私は一度死んで、そのとき、犯人の姿を見たんです。いいえ、犯人ばかりでなく、私たちが殺されている光景を、この目で見下ろしていたのです」

（やれやれ――）と思いながら、ぼくは辛抱づよく対応することにした。

「見下ろしたって、どこからどうやって見下ろしていたの？」

「もちろん、現場――リビングルームの上のほうからです。天井よりずっと上のほうって言ったほうがいいかしら……とにかく、そんな感じで、はっきり見たんです」

「それだと、完全に幽体離脱だねえ」

ぼくは吐息をついて、首を振った。

「いいんです……」

曾宮一恵は失望をあらわに、言った。

「やっぱり、内田さんも信じてくれないんですね。私だって、自分が経験する前までは、臨死体験なんて、あんなもの嘘っぱちだと思ってましたもの」

「そうだよねえ。ぼくも経験してみればいいのだが……しかし、ためしに死んでみるって、そう簡単なわけにもいかないからなあ。うっかり三途《さんず》の川を渡ってしまわないともかぎらないしねえ」

もともと、ぼくは、きわめて教養豊かな常識人だ。迷信と分かっているものを、いくら相手が可愛い女性だからといって、節を曲げるわけにはいかない。

「しかしまあ、それはそれとして、きみがそのとき見た犯人像について、聞かせてもらおうかな。その犯人は知っている人間だったの？」

「そこまでは分かりませんでした。だって、とにかく小さく見えるんですもの。自分の体が後ろに引っ張られる感じで、まるで望遠鏡を逆様に覗《のぞ》いたみたいに、小さく遠くに見えるんです」

「なるほどねえ……」

ぼくは（お手上げだな——）と思った。

「それじゃ、警察が取り合ってくれないのは当然かもしれないねえ」

「ええ、それは分かってます。今度のことで、警察というところが、いかに頭の固い人の集まりであるか、よく分かりました」

なんだか、ぼくがその「頭の固い人」であるかのように聞こえた。

「私は何度も繰り返し、あれは殺人だったって話しましたけど、困ったように笑うばかりで、まともに相手にされないばかりか、明らかに、精神がおかしいのではないかって疑っているのが分かるんです」

「それで、警察の出した結論は何だったのですか？」

「警察の結論は自殺です。私の両親は、借金を苦にしたあげく、娘の私まで巻き添えにして自殺した――という、不名誉な理由を着せられて、灰になってしまいました」

曾宮一恵は、まるでアナウンサーのような平板な口調で言った。

「最後は、結局、諦《あきら》めるほかはありませんでしたけど、最近になって、マスコミなどで『臨死体験』だとか『幽体離脱』だとかいう話を見聞きするようになって、一度死んだ人が生き返って、死後の世界を垣間《かいま》見た――という目撃談が私の体験と、すごくよく似ているんですね。それで、やはりあれは、ほんとにあったことなのだって確信したんです。あれは絶対に、自殺や心中などではありません。私たちはたしかに、何者かの手によって殺されたのです。私は、私や両親が倒れているところを、犯人が覗き込むようにして確かめ、それから立ち去ってゆく後ろ姿を見ているのです」

これまでに何度も、同じ話を繰り返したにちがいない。はじめはゆっくりとした語り口だったのが、焦れて激してくると、しだいに畳み込むように喋《しゃべ》った。

　ぼくは多少、へきえきしながら、反論するように言った。

「覗き込むのを見たのなら、顔を憶えていそうなものだけどなあ」

「でも、私は上から見下ろしていたのだから、犯人の頭しか見えなかったんです」

「あ、そうか、死んだふりをして見ていたわけじゃないのでしたね」

「ええ、もう一人の私が、天井よりずっと上のほうから見下ろしていたのです」

　ものすごい矛盾だが、曾宮一恵は断固として、その線は譲れないらしい。背筋を反らして、頭の固いおじさんを睨《にら》みつけるようにして、言った。

「その話だけど」とぼくは、訊《き》いてみた。

「警察はだめだとして、ほかに誰か、信じてくれた人、いますか？」

「いいえ」

　曾宮一恵は悲しそうに首を振った。

「誰も信じてくれないと言ってもいいと思います。叔母《おば》だけは、分かってくれてるみたいですけど、それだって、父が心中なんかしないっていうことで、私が見たことは信じないみたいです」

「だろうねえ……」

　ぼくは内心ほっとした。人間誰しも、ほかの絶対多数と違う考えを持つことは不安なものだ。流行だってそうだ。なるべく世の中の動きと同調して生きていきたい。よかった、よかった、ぼくは決して異端ではなかったのだ。

「でもきっと」と曾宮一恵は言った。「浅見光彦さんなら、きっと分かってくださるって思ったんです。『上野谷中殺人事件』を読んだとき、浅見さんにお願いすれば、きっと助けてくださるにちがいないと考えました」

彼女の眸《ひとみ》には希望の光が宿っている。相当な思い込みだ。

（やれやれ――）と、ぼくは次第に憂鬱《ゆううつ》になってきた。『上野谷中――』で浅見の活躍を紹介したのはぼくだから、彼女を惑わせた責任の一端は、ぼくにもある。

「あの」と、曾宮一恵はすがるような目でぼくを見つめた。十年――いや、二十年以上、ぼくは若い女性からそんな目で見つめられたことはないから、どぎまぎして、顔が赤くなるのが分かった。

「浅見さんに会わせていただけませんか？　決してご迷惑はおかけしません。浅見さんにお願いして、それでもだめなら、それで諦めがつきます。お願いします。会わせてください」

「分かりました」

ぼくは大きく頷《うなず》いた。彼女のひたむきな眼差《まなざ》しを、浅見なんかに横取りされるのは、いささか、いまいましいが、これ以上邪魔をすると、「軽井沢のセンセ」が真砂町《まさご》の先生になってしまう。

その晩、ぼくは浅見に電話した。例によって須美子《すみこ》嬢が電話に出て、ぼくが「もしもし」と言っただけで、「あ、軽井沢のセンセですか」と、受話器を放り出して、浅見を呼びに行った。ひと声で分かるくらい、ぼくを尊敬しているらしい。

浅見はぼくが話し始めるとすぐに、「ほらね、やっぱりそうだったでしょう」と、得意げに言った。

「先生はでたらめだって言ったけど、僕には確信がありましたよ」

「分かったよ、今回はたまたま、きみのほうが正しかったのだ。しかしだね、話はこれから先のほうが肝心なのだ」

ぼくは曾宮一恵の悲劇的かつ喜劇的な体験を、かいつまんで話した。

「どうかね、面白いと思わない？」

「面白いとか、そういう問題じゃありませんよ。それは事実なんでしょうね？」

「事実であるはずがないだろう。しかし彼女は事実だと信じているみたいだよ」

「もしそうだとすると、ずいぶん奇怪な事件ですねえ」

「そうだろう、奇っ怪な話でしょうが。こんな奇怪な事件に遭遇して、相談に乗ってやらない理由はないね」

「相談て……先生が相談に乗ってあげたのでしょう？」

「ああ、もちろんだ。窮鳥ふところに入れば——といったって、ぼくは猟師のつもりはないけどね」

「さあ、それはどうかなあ」

「ばか言っちゃ困る。とにかく、そういうわけだから、よろしく頼むよ」

「頼むって……待ってくれませんか。僕に何を頼もうっていうんです？」

「決まってるだろう。窮鳥の羽づくろいをしてやってくれ」

「そんな……だめですよ、だめだめ、電話を切らないで！」

浅見は、女に肘鉄《ひじてつ》を食らった男のような悲鳴を上げた。

「浅見ちゃん」と、ぼくは静かに諭すように言った。

「上野谷中の事件のことを、忘れたわけじゃないだろうね」

「上野谷中がどうかしましたか？」

「あのときも、浅見ちゃんのところに来た手紙を無視したために、悲劇が起きたのでしょうが」

「あれは僕じゃありませんよ。先生のところに来た手紙ですよ。それを、先生が怠慢で、放っておいたから、手遅れになったのじゃありませんか」

「あ、またそういう……しかし、いまはそんな過ぎた話で議論している場合じゃないの。それに、あのときだって、浅見ちゃんが捜査に乗り出してからは、あざやかに事件は解決したじゃないの。曾宮一恵もね、そのことを言ってるのよ。それじゃ訊くけど、浅見ちゃんは、あれなの？　ぼくの頼みを無視して、上野谷中のときと同じように、曾宮一恵が自殺しないと、事件捜査に乗り出さないの？　それは冷たいってもんじゃないのかねえ、浅見ちゃん」

「そんなことは言ってませんよ。言ってませんけど、しかし、臨死体験というのが、どうもねえ。おまけに幽体離脱ですかぁ……僕はそういうの信じない主義だから」

「信じなくても、興味はあるんじゃない？」

「それはまあ、多少はね」

「だったら、いいチャンスじゃないの。取材のつもりで出かければいい。取材してみてさ、もし眉《まゆ》ツバものだったり、アブナい女性だったりしたら、さっさと逃げ帰ってくりゃいい。まあ、多少アブナくても難ありでも、あんな美人だったら、ぼくが代わってやりたいくらいだ」

「それじゃ代わってくださいよ」

「ん？　いや、そうできるくらいなら、きみなんかに頼まないよ。ぼくが行きたいのはヤマヤマだが、ぼくには、ひたすら帰りを待ち侘《わ》びている愛妻とキャリーちゃんと、一日千秋の想いで作品の発表を待っている百万読者がいるからね」

「百万ですって？……」

浅見は鼻の先でフフンと笑った。いやなヤツだ。

「ま、とにかく、そういうわけだから行って上げなさいよ。でないと、彼女はほんとに死ぬかもしれないよ」

浅見を説得するにはこの手にかぎる。あいつはフェミニストだから、女性の不幸な状態を放っておけない。

「分かりました。行きますよ」

「そう、行ってくれる？」

ぼくは北叟笑《ほくそえ》んだが、最後に肝心なことを言うのも忘れなかった。

「それから、くれぐれも言っとくけど、曾宮一恵の身内が殺されたっていうの、あれは浅見ちゃんじゃなくて、ぼくが言い当てたことになっているから、そのつもりでね」

浅見が何か言いそうになったので、ぼくは急いで電話を切った。

2

その翌日、浅見は熱海に向けてソアラを走らせている。

熱海警察署はJR伊東線の来宮《きのみや》駅前——丹那トンネルのすぐ近くにある。

昭和町であった「無理心中事件」のことで取材したい——と、受付でT出版社の肩書のある名刺を出すと、刑事課の川口という警部補が応対に出てくれた。T出版社とはべつに専属契約を結んでいるわけではないけれど、取材の便宜上、必要な場合には肩書を使わせてもらえることにはなっている。もっとも、今回がその『必要な場合』かどうかは、微妙なところではあった。

「あれはもう、三ヵ月前の事件ですなあ。いまごろ取材しても、ニュースにも何にもならないんじゃないですか」

一階フロアの片隅にある、粗末な応接セットに腰を下ろすと、川口警部補は陽気そうな声で言った。

「たしか、娘さんが一人だけ生き残ったのだそうですね？」

「ああそうです。気の毒だったが、両親は助からなかった」

「死因は何ですか？」

「毒物による中毒死。直接の死因は中枢神経のマヒです。毒物の種類は言えないが、致死量をかなり超えるものを服用していたとかいう話でした。娘さんが助かったのは不思議なくらいだそうですよ」

「父親による無理心中というのは、間違いないのですか？」

「ん？　そりゃ、警察がそう断定したのだから、間違いないですよ。ああ、あんたもあの話、聞いたんですか？」

「あの話というと、被害者の娘さんが、ほんとうは殺されたのだと言っているという、そのことですか？」

「そうそう、困るんですよねえ、あれは……まさかあんた、その話を蒸し返そうってわけじゃないでしょうな」

警部補は警戒する目で、浅見を睨《にら》んだ。

「いや、そんなつもりではありませんが、ただ、娘さんが、自分たちの殺されているところを見たとか、妙なことを言っているという噂を聞いたものですから」

「だからね、それで困っているわけです。いま流行《はや》りの臨死体験とか、幽体離脱とかいうやつね、それじゃないかって、ばかなことを言うブン屋さんもいたりするもんだからね。ひょっとして、あんたもそのクチじゃないのですか？」

「いや、僕はそういうのは、あまり信じない人間ですよ」

「だったらいいですがね。近頃は多いですなあ、そういうたぐいのヤツ。テレビでも予言者だとか霊能者だとか、そんなのばっかりじゃないですか。天下のマスコミがそんな迷信のお先棒をかついで、どうするつもりですかねえ」

川口警部補は、嘆かわしい——というように、天を仰いで、しきりに首を振った。

「まったくですねえ」

浅見はひたすら、警部補に調子を合わせることに専念したが、だからといって、必ずしも単なる迎合ではない。UFOだとかユリ・ゲラーだとかがマスコミで騒がれて以来、怪しげな超能力者が入れ替わり立ち替わり現われる現象は、あまり好ましいものではないと思っている。

だから曾宮一恵という女性の臨死体験・幽体離脱の話も、なるべくなら、ご勘弁願いたかったのだ。

川口警部補のほうも、そういう浅見に心を許したのか、それともよほどひまを持て余していたのか、煙草を吸いながら、機嫌よさそうに、事件の顚末《てんまつ》を話してくれた。

「……われわれが駆けつけたとき、主人夫婦はすでに死亡していました。もう一人の娘さんも、当初調べたときは、心臓も停まっていたし、瞳孔《どうこう》も開いていました。したがって、いったんは死亡と断定されたのですが、直後に、かすかに心臓が動きだしたことに気がつきましてね。応急処置の結果、奇跡的に回復したのです」

「というと、いったんは死んだことは事実なんですね?」

「うーん、まあ、日本の法律では、心臓停止が死亡の条件ですから、そういわれればそういうことになるのでしょうかなあ。しかし、だからといって、幽体離脱だとか、そういうことはあんた……」

川口警部補は大袈裟《おおげさ》に顔をしかめ、左右に手を振った。

「それ以外の現場の状況はどんな様子でしたか？　たとえば、毒物はどのように服用したのか、といったことは」

「テーブルの上にワインのボトルとグラスが三つありまして、グラスに残っているワインの中には、三つとも毒物が混入してありました」

「娘さんだけが助かった理由は、何かあるのでしょうか？」

「さあ、詳しいことは知りませんが、たぶん若さがものをいったのじゃないですかなあ。それと、ワインをあまり飲まなかったために、服用した毒物の量が少なかったのかもしれません」

「ところで、自殺――心中の動機ですが、何だったのですか？」

「まあ、早く言えば経営不振でしょうな。家業は〔芳華堂〕という和菓子屋なのですがね、かなり熱心にいい菓子を作っていると評判ではあったようなのだが、それと売れることとは別問題なのでしょうなあ。いまの世の中、宣伝第一でしょう。下らないものでも、宣伝次第ではブームにもなる。しかし、ちっぽけな和菓子の店ではねえ、宣伝といったって、テレビを使うわけにもいかないし」

川口は死んだ曾宮夫婦に同情的な口振りであった。

結論として、「心中」の直接の引金になったのは、借金の返済がうまくいかなかったことにあったらしい。

「これは念のためにお訊《き》きするのですが、殺人の可能性については、お調べになったのでしょうね？」

「もちろん、それについては、警察はちゃんと調べましたよ。その結果、殺人ではないと断定したのです。現場の状況その他、まあ疑う余地はなかったですな」

「現場の状況といいますと、たとえば密室であるとか、ですか？」

「そうです、現場はいわゆる密室でした。しかし、それはまあ、われわれ専門家の感覚からいえば、完全な密室とは言えないようなものでしてね。むしろ、自殺と判断したのは、二通の遺書があったことと、他殺の可能性がないと判断したことによりますな。関係者から聞いたかぎりでは、曾宮さんを殺すほど恨んでいるとか、殺さなければならないような利害関係があるとか、そういう人間は出てきませんでした。むろん、状況から見て、強盗等の疑いは皆無です」

「毒物やワインの入手経路については、いかがでしたか？」

「毒物のほうはともかくとして、ワインについては、曾宮さん本人が、数日前に近所の酒屋で購入したものであることが判明しております」

「毒物はどうですか？」

「いや、それはまだ明らかではありませんがね。最近になってから入手したとはかぎらないので、経路の特定はなかなか困難のようですな」

「ひとつだけ引っ掛かるのですが」

浅見は眉根《まゆね》を寄せて言った。

「お菓子屋さんといえば、食品衛生には細心の注意を払う職業でしょう。ことに曾宮さんは商売熱心だったという。そういう人が、毒物なんかを身近なところに置いておくものでしょうかねえ？」

「ん？……」

川口警部補は不安そうな目を、浅見に向けた。明らかに、盲点を衝《つ》かれた——という表情であった。しかし、そこから逃げ出すような勢いで、言った。

「いや、食品を扱うからって、必ずしも毒物と無縁というわけではないでしょう。むかし、粉ミルクのメーカーが、あやまってヒ素入りミルクを大量に出荷した事件もあるし、食用油にＰＣＢが混入した事件もある。意外なところに危険物がひそんでいるものですよ」

「なるほど……」

浅見は、それ以上は反論しなかった。

「それにしても、自殺の動機は薄弱なような気がしますね。娘さんまで巻き添えにする、無理心中の道を選ぶというのは、ただごととは思えません」

「それはそうかもしれないが、しかし、自殺をするような人間は、精神が錯乱しているか、少なくとも、正常な判断力を失っているわけですからなあ。奥さんを巻き添えにするのと、娘さんまで引き入れるのとでは、それほど大きな違いはないでしょう」

「そう、でしょうか……」

川口警部補は、浅見の納得いかない顔を尻目《しりめ》に、「こんなところですかな」と、腰を上げかけ、それから思い返したように、前屈《かが》みになって言った。

「これから、曾宮家に行くのですか？」

「はあ、そのつもりですが」

「だったら、くどいようですがね、あの娘さんの言うことを、あまりまともに聞かないほうがいいですよ」

「分かりました」

浅見は川口の気づかいに感謝した。

〔芳華堂〕のある昭和町は、来宮駅から坂を下った辺りの、熱海では比較的、新しい町並みである。

〔芳華堂〕はもちろんシャッターを下ろしていた。明るい通りの中で、そこだけが陰気に沈んでいる。

シャッターに、「ご用の方は左記にご連絡ください」と書いた張紙がしてあった。

隣の文具店の主人に尋ねると、事件後、娘さんは親戚《しんせき》の家に寄宿しているのだという。

「気の毒だよねえ、いい娘さんで、せっかく、憧《あこが》れのアナウンサーにもなったっていうのになあ」

文具店の主人は、人の良さそうな丸顔を、精一杯、しかめて言った。

「事件後、このお店はずっと閉めたままなのですか？」

「そうですよ。あんなことがあっちゃ、もう店は無理だろうねえ。〔芳華堂〕さんもずいぶん頑張ったけど……うちもそろそろ考えたほうがいいのかもしれないな」

「ご商売は難しいのですか？」

「そんなこともないけど、熱海はどんどん変わるからねえ。そろそろ見切りどきっていうことかもしれないなあ」

熱海が変わることと、商売に見切りをつけることと、どういう繋《つな》がりがあるのか、浅見には分からなかったが、文具店の主人は慨嘆して、店に入った。

浅見は〔芳華堂〕の脇の路地を入って、住居用の玄関の前に行った。そこにも張紙がしてある。チャイムボタンを押しても、応答はなかった。

立ち去ろうとしたとき、男が一人、胡散《うさん》臭そうな顔をして路地に入ってきた。

「おたく、業者さん？」

浅見はとっさに、「ああ」と、どっちつかずに答えた。

「だめだよ、ここは」

男は、ほとんど敵意のようなものを感じさせる言い方をした。

「ここはね、もう決まってるんだから」

「決まってるって、どう決まっているのですか？」

「もう、うちが手をつけたところだからね。いまからきたって遅いよ」

「あ、そういうこと……」

浅見は素早く状況を判断した。要するに、男は不動産関係の業者で、この店のあとを狙っているらしい。

まったく、ひとの不幸をいい幸いに、まるで禿鷹《はげたか》のようなやつだ。

「だけど、まだおたくが契約したわけじゃないのでしょう？」

浅見も、いっぱしの「業者」みたいな顔をして、いやみを言ってやった。

「いや、仮契約を交わしているよ。とにかくだめなものはだめ。ここまで漕《こ》ぎつけるまで、何回も足を運んで苦労したんだから。話をややこしくしないでもらいたいな。おたく、どこの社？　はじめてだよね。名刺もらえる？」

「いいですよ。そっちも名刺くださいよ」

男は「ああ、いいよ」と胸のポケットから、無造作に名刺を出した。

〔東静観光開発　業務部次長　矢代卓美〕

浅見も名刺を出した。

「ん？　なんだい、会社名がないけど、おたく、個人なの？　まさか白ナンバーじゃないだろうね」

矢代《やしろ》はキツネのような目になった。

「いや、僕はただのルポライターですよ。熱海の土地が高騰しているというので、取材しているところです。こんないい場所を眠らせておくのはもったいないと思いましてね」

「なんだ、そうなの」

矢代の眼から、警戒の色が消えた。

「この店は、三月《みつき》ばかし前に不幸があったもんで、閉めちゃったんだよ。まもなくビルに建て代わるし、ちょうどいい見切りどきではあったんだけどね」

「ああ」

浅見は、文具店の主人の言った「見切りどき」の意味が、ようやく理解できた。

「じゃあ、この辺一帯は、ビルに建て代わるのですか」

「そう、いまどき、表通りに二階建ての店があるなんて、もっともっと、効率が悪いからねえ。ことに熱海の土地はこれだけ高騰しているんだから、もっと、有効な土地利用を推進すべきなんだよ。それなのに、自分のところの都合ばかり言って、新しい都市計画なんてものには、まったく協力しようとしないんだから。エゴもいいとこだよ」

禿鷹のわりには、社会正義を標榜《ひょうぼう》するようなことを言う。そういう矢代だって、ひと皮剝《む》けば、どうせエゴの固まりに決まっている。それにしても、正義というやつは、立場立場で見方が変わるものだ。

浅見は妙に感心しながら、矢代のずるそうな眼を見返していた。

3

シャッターの張紙に書かれた住所は、〔熱海市下多賀小山――瀬川方〕であった。軽井沢のセンセの仕事場も「下多賀」だから、あの近くなのだろう。

前回はJRの「踊り子号」という直通列車で来て、東京駅から約一時間半程度だった。車だと熱海まででも二時間半ちょっと――熱海から網代までは、さらに十何分かを要する。

しかし、それでも浅見にはソアラのほうが体質に合っているのか、車の旅は苦にならない。次なる目的地へ向かう意気込みも、列車を使った場合は、どういうわけか、奮い立つものが感じられないのである。

網代に着くと、浅見は駅前に屯《たむろ》しているタクシーの運転手に、下多賀小山の瀬川《せがわ》家を訊《き》いてみた。

「むこうのほうの、トンネルの上の山の中腹にある屋敷だよ」

運転手はこの町のことに精通しているらしく、上りの方角を指さして、言った。

伊東線は網代駅を出ると、上りも下りもすぐにトンネルに入る。そのトンネルが貫く山には、屋敷と呼ぶのにふさわしい、大きな住居がいくつかあるそうだ。

「クネクネ曲がってるけど、一本道だから、迷う心配はないよ」

運転手は網代の出身なのか、顔は漁師のように真っ黒に日焼けして、口は乱暴だが気はよさそうな男だった。

言われたとおりにソアラを走らせた。かなり急な坂道で、三度カーブを切ると、網代駅前に広がる町並みを眼下に見下ろす高さに達した。それこそ、効率の悪い一、二階建ての家々が多い中に、マンションが三つ、ほかにホテルらしい建物があって、多少目障りだが、全体としては、鄙《ひな》びた海辺の町の雰囲気が漂う。

町の向こうには長い防波堤に抱かれた、穏やかな網代湾が陽に輝いている。熱海の街の喧騒《けんそう》のすぐ隣といっていいところに、こんなにのんびりした町があるのは、ちょっとした新発見であった。

道が等高線に沿ってなだらかになったところの左手に、古びた木造の門があって、そこにかかった表札が「瀬川」と読めた。

門を入ったところの、わずかばかりの平地に、ベンツの190タイプが駐車している。このぶんなら、どうやら留守ではなさそうだ。ベンツの隣に浅見のソアラも窮屈ながら駐められた。

平地の先に石段があり、そこを登ってゆくと、見上げるばかりに、白亜の洋館がそそり立っている。古い門にはそぐわないが、これならたしかに、「お屋敷」と呼んでもおかしくない佇《たたず》まいだ。

インターホンのボタンを押すと、すぐには応答はなく、玄関の中にマジックアイを覗《のぞ》く人の気配があって、直後、ドアが威勢よく開いた。

「あの、浅見さんですか？」

甲高くはずんだ声と一緒に、若い女性の顔が現われた。日焼けした人たちばかりを見てきたせいか、驚くほど白い顔に、黒目が異常なほど大きく感じた。

「ええ、浅見です」

つられて、浅見も声がはずんだ。

「ああ、やっぱり……ソアラが見えたものですから……」

女性は一瞬、声をつまらせて、うつむきながらドアをいっぱいに開いた。

「嬉《うれ》しい……」

こっちを見上げて笑いかけた顔は、涙が頬を伝っていた。浅見は目頭がジンときて、あやうくもらい泣きしそうになった。

「えーと、曾宮一恵さんですね？」

わざと事務的な口調で言った。

「ええ、曾宮です、一恵です」

喜びをいっぱいに表現する笑顔だ。

「えー、内田先生から……」

浅見が口上を述べようとすると、分かってます、分かってます——と、立て続けに頷《うなず》いて言った。

「そうなんですね。内田先生は、私みたいな者のお願いを、ちゃんと聞き入れてくださったんですね。ご迷惑かなとは思ったんですけど、どうしてもそうしなければいられなくて……浅見さんには、ほんとうに申し訳ありませんでした。でも、内田先生って、すばらしい小説をお書きになるだけじゃなくて、人間的にもすばらしい方なんですね」

「はあ、そうでしょうか……」

浅見は、この部分は「事件簿」から外しておこうと思いながら、言った。

「そんなに褒めてもらって、あの先生が聞いたら、さぞかしくすぐったいことでしょう。ところで、早速ですが……」

「あ、こんなところではあれですから、どうぞお上がりください」

「はあ、お邪魔してもいいのでしょうか？」

浅見は、人気《ひとけ》のまったく感じられない建物の奥を窺《うかが》うようにして、訊いた。

「ええ、もちろんです。こんな遠くまでいらしてくださって。まもなく叔母《おば》も戻って参りますから」

曾宮一恵は舞うように身をひるがえして、浅見を導いた。

玄関からすぐ左手のドアの向こうが、応接室とリビングルームを兼ねたような大きな部屋であった。

手前側に革製のゆったりしたソファーや肘《ひじ》掛け椅子の応接セットがある。奥のほうには、それよりはいくらか日常的な雰囲気のある調度品があって、その中間辺りに、ラタンの屏風《びょうぶ》のようなもので、簡単な間仕切りをしている。

入ったときは薄暗かったが、カーテンを引き開けると、クリーム色に統一された壁や調度品類に包まれた、明るい気分のいい部屋だ。それにもまして、窓から海を望む風景はすばらしかった。

曾宮一恵は浅見にソファーを勧め、向かい側の椅子に坐《すわ》ると、膝《ひざ》に両手を載せて、あらためて丁寧に頭を下げた。

「ほんとうに、ありがとうございます。よろしくお願いいたします」

「こちらこそよろしく」

浅見は慌てぎみにお辞儀を返して、思わず笑った。曾宮一恵は怪訝《けげん》そうに、浅見を見た。

「いやあ、内田先生の話では、もっとずっと若いっていうか、高校生の少女みたいな——ということだったのですが、ぜんぜん違うんで、びっくりしました。少女どころか、どちらかというと、しとやかな印象ですね。あの先生もトシなんですね」

「あら、そんなことはありません。内田先生は青年みたいに若いですよ」

曾宮一恵はほとんどむきになって、弁護している。

（おやおや——）と、浅見は、この部分も「事件簿」から取り除こうと思った。

一恵は事件以後の心労や「死亡」した後遺症のために、少し面窶《おもやつ》れしていることを割り引いても、もともと、かなり痩《や》せ型の、腺病質《せんびょうしつ》体質であるらしかった。

「浅見さんがいらっしゃるのなら、こんな恰好《かっこう》でいるんじゃなかった」

一恵は、「しとやか」という印象を打ち消すような、少しはしゃいだ声で言った。

淡いグリーンのザックリしたサマーセーターに、ジーパン姿である。肘《ひじ》までたくし上げたセーターの袖《そで》を引き下ろして、細すぎる腕を隠した。

「そんな必要はありませんよ。それで十分、魅力的です」

浅見は不慣れなお世辞を言った。いや、本人にはお世辞の認識はなく、正直な気持ちを吐露しただけだ。実際、曾宮一恵は浅見ごのみのタイプの女性といってよかった。浅見の好きなオードリー・ヘップバーンの『ローマの休日』のころのイメージが、彼女にはあった。

(これで、美容院で髪を短く切れば——)などと、浅見は映画のワンシーンとダブらせながら、一恵の顔を見つめていた。

コーヒーを入れたりして、しばらくのあいだ一恵は動きどおしで、会話も、網代の風物に関することなど、断片的な話題ばかりが、リズミカルに交わされた。

二人とも、つとめて重苦しい話題から遠ざかろうと意識しているようでもあった。ひと口ふた口、コーヒーを啜《すす》ると、いやでも本題に入らないわけにはいかなくなった。浅見は「さて」と、年寄りじみたマクラを言った。

「概略については、内田先生に聞いていますが、あなたが自分の目で事件の現場を見たという、そのときの状況を、もう少し詳しく話してくれますか?」

「ええ、お話ししますけど、でも、浅見さんはたぶん、信じてくれないと思います」

「どうしてですか?」

「こんなふうな言い方をすると、叱られるかもしれないけど、私は浅見さんて、すっごく特別なっていうか、意外性に富んだっていうか、つまり、常識では推し量れないような考え方をするひとだと思っていたんです。でも、お話ししてみて、そうじゃなくて、ふつうのっていうか、社会常識のあるおとなのひとなんだなあって……だから、きっと私の話なんか、信じてもらえそうもないんです」

「ふーん、僕はそんなに常識人なのですか。それは喜んでいいことなのかなあ……いままで、そんなふうに言われたことは、いちどもありませんからねえ」

「そうなんですか？」

「おまえは非常識の固まりみたいな人間だと言われてますよ。しかし、そんなことはともかく、せっかく来たのだから、話だけは聞かせてください」

「ええ……」

一恵は窓の外に視線を送って、しばらく考えをまとめてから話しだした。

「あの日、私は午後八時ごろ熱海に帰ってきました。私が着いたとき、父も母もまだお店にいて、最後のお客さんが出ていって、ちょうどシャッターを下ろすところでした。私は半分下りかけたシャッターを止めて、中に入りました。

両親はほんとに働き者で、土曜日曜はもちろん、町内で決めたお休みの日でさえ、ときどきお店を開くことがあるくらいでした。店は休んでも、お菓子づくりに精を出していますから、年中無休といってもいいかもしれません。

私が家に帰ってきたのは二ヵ月ぶりでした。両親は喜んでくれて、乾杯しようということになったのです。そう言い出したのは、もちろん父で、私のために用意しておいたワインを開けました」

「そのワインですが、新しいワインだったのですね？」

浅見は訊《き》いた。

「ええ、もちろんです。警察もそのことは調べたみたいですけど、栓のコルクに穴が開いていたとか、そういうことはなかったそうです」

「ご両親に、いつもと変わった様子は見られなかったのですか？」

「ええ、べつに……それはつまり、自殺を感じさせるような——という意味なのでしょう？　それだったら、絶対にそんな印象はありませんでした。でも、警察はそのことを少しも信じてくれなかったのですけどね」

曾宮一恵は険しい目つきになった。警察に対する不信感は、相当なものらしい。

「八時ごろに帰宅したとすると、ワインの乾杯は何時ごろでしたか？」

「八時三十分ごろだと思います。母が何か食べるものを用意するって言うのに、父がいいからいいからって……私も両親も食事をすませたばかりだったからですけど、警察は、父がそう言ったのは、心中する覚悟だったからだって言うんです」

「乾杯のときの、ご両親の様子を詳しく話してください」

「少なくとも母にはぜんぜん変わったところはありませんでした。父は……」

一恵は一瞬、思い出す目になった。

「父だって、ふだんの父と変わった様子はなかったと思います。みんなのグラスにワインを注いで、乾杯したんです」

「何て言って？」

「え？……」

浅見の質問に、意表を衝《つ》かれたように、一恵は不思議そうに浅見を見返した。

「いや、乾杯のとき、お父さんは何て言って音頭を取られたのかと思ったものだから……あれ？　そのこと、警察は訊かなかったんですか？」

「ええ、ぜんぜん……でも、そういえば、父は変わったことを言いました」

「ほう、どんなことを？」

「最初は、私のアナウンサーとしての第一歩に乾杯して、その次に家族みんなの健康に乾杯して、それから三度めにこう言ったんです。『紫式部に乾杯！』って」

「紫式部に乾杯……」

浅見は復唱して、何も質問をせずに、一恵の解説を待った。

「私もびっくりして、どういう意味？　って訊きました。父は『驚いたろう』と言って、母のほうを見ました。そうしたら、母は笑いかけて、ふいに涙ぐんで、目頭を押さえました。父も少しじんときたような顔でした。私が『何なのよ？』と、わざと乱暴に訊くと、父は立ち上がって、どこかへ行くような素振りをしかけて、それから急に不安そうに私を見て、腰からストンと落ちるようにソファーに坐って……」

一恵の頭の中には、そのときの情景が、スローモーションのように思い浮かんでいるらしかった。

「……母が驚いて父に寄り添おうとして、母も糸の切れた操り人形みたいに、よろけて、ソファーに倒れました。二人とも体勢を立て直そうとしたのですけど、だめでした。トロンとした目で、私のことを見て……」

一恵は声を詰まらせた。涙がどんどん溢《あふ》れてきた。

これまでに何度、この話をしてきたことだろう。そのつど、彼女は新しい涙にくれたにちがいない。この世でもっとも愛した者を、それも同時に二人も失うという体験である。その悲しい記憶に慣れるためには、まだ長い時間が彼女には必要だ。

「……わけが分からないまま、とにかく何とかしなければって、私は思いました」

一恵は気を取り直して話した。

「でも、手を差し延べようとした私も、すぐに意識が混濁してくるのが分かって、部屋がグラッという感じで大きく回って……それからのことは、いったいどうなったのか、意識が途切れてしまったんです」

それから涙を拭《ぬぐ》って、浅見を真っ直ぐに見た。まるで戦いを挑むような、鋭い視線であった。

「その次に意識が戻ったのは、看護婦さんや警察の人の話によると、二日目のことだそうですけど、意識が消えているはずの、真っ暗な世界の中で、ほんの一瞬、私はあの光景を見たんです。はっきりと」

浅見は無言で、ゆっくりと頷《うなず》いた。南部の赤べこのように、ゆっくりと同じリズムで、首を振った。一恵の話を肯定するのでもなく、否定するのでもなく、大きな白紙を広げ、ペンを差し出すような気持ちだ。

「私は高いところ――感じとしては天井より高い、部屋全体を俯瞰《ふかん》する位置に浮いていました。まるで広角レンズを通したような、異様に変形した風景でしたけど、それでも何が行なわれているのかは、はっきりと見えました。そこには両親と私が倒れていて、黒っぽい服装の人が三人の様子を見下ろしているのです」

「その人は男ですか？」

「たぶん男の人だと思いますけど、上から見ているので、はっきりしたことは分かりませんでした。もちろん、顔なんかも見ていません。その人はやがて向きを変えて、父の背後にある書類ケースから、何かを出そうとしているように見えました」

そこで曾宮一恵の言葉は途切れた。

浅見はじっと待ったが、一恵は放心したように、テーブルの上の一点を見据えたまま、じっと黙っている。

「それからどうしました？」

浅見は優しく訊いた。

「あっ……」と一恵は浅見を見て、「それで終わりです」と言った。

4

外で車の停まる音がした。曾宮一恵は「あ、叔母《おば》かな？」と窓の下を覗《のぞ》きに立った。

「僕の車、邪魔ですか？」

「ううん、大丈夫です。叔母は店の人に送ってもらって来るんです」

一恵は玄関へ出て行った。

まもなく、〔月照庵〕のママが入ってきた。浅葱《あさぎ》を基調に、秋の草花を描いた、淡い彩色の和服を着ている。

あどけない笑顔と丁寧な物腰で、ひとしきり挨拶《あいさつ》をして、「いま、お茶をおいれしますから」と、引っ込んだ。

小さなつむじ風が去ったような、気抜けした空気が残った。

「内田先生から聞きましたが、遺書があったそうですね」

浅見は事件のことに話を引き戻した。

「ええ、二つありましたけど、でも、あれは遺書なんかじゃありません」

「それ以外に、あなたに宛てた遺書はなかったのですか？」

「ありませんでした。それもおかしいでしょう？　父が、かりに自殺するようなことがあったとしたら、私に何も残さないなんてことは、考えられませんもの」

「そうですね。あなたを残して行ってしまわれるのだとしたら、です」

「……………」

一恵は恨めしそうな目で浅見を見た。

「警察はその点でも、無理心中の疑いが濃厚だと言っているのではありませんか？」

「ええ、たしかに、それはそうなんですけれど……でも、誰が何と言っても、あれは自殺や心中なんかじゃありません。父の様子にそんなことを感じさせるものは何もなかったし、それに、私は見たんですから」

一恵は焦《じ》れったそうに言った。

どうしてそんな単純なことが分からないのかしら？——と、警察はもちろん、浅見も含めて、あらゆる者たちの無理解を呪いたいような口振りであった。

「お母さんは何も書き残さなかったのですか？」

「当然ですよ、そんなこと。自殺なんかじゃないのですもの。ただ……」

一恵はふっと言葉をとぎらせた。

「ただ？」

浅見に催促されて、眉《まゆ》をひそめながら、

「テーブルの上のメモに、母の字で『浮舟』って書いてありました。それがたぶん、母の絶筆だと思うんですけど」

「絶筆」という、大袈裟《おおげさ》な言い方で、一恵は悲しみから逃れようとしている。

浅見が問い返そうとしたとき、〔月照庵〕のママが戻ってきた。上品な和菓子と抹茶を浅見の前に、一恵と自分のところには、ふつうの緑茶を置いた。

「そうだ、叔母さんのお名前を、まだお聞きしていませんでしたね」

浅見は言った。

「叔母は月江《つきえ》さんです。瀬川月江。私の母が華江で、もう一人女の子ができたら、きっと雪江《ゆきえ》にしたんでしょうね」

「あっ……」と浅見は驚いた。

「僕の母は雪江ですよ。やっぱり母の父親が、雪月花をもくろんだらしいのです。もっとも、そのあとは男ばかりの兄弟だから、雪月花にはなりませんでしたけどね」

「へえー、そうなんですか、不思議な偶然ですねえ……なんだか他人じゃないみたいな感じがしてきたわ、ねえ叔母さん」

「そんな、失礼なこと言って……」

月江は苦笑して、姪《めい》をたしなめた。

「お母さんと叔母さんがこんなに近くに、しかも同じような和菓子のお店をしておられるというのは、珍しいですね」

「ええ、わたしたちは、もともと菓子屋の娘でしたから」

短い言葉だが、何となく、そこにすべての物語の根源が潜んでいるような言い方に感じた。

「京都、ですか？」

浅見は月江の「標準語」に、明らかな関西訛《なま》りがあるので、訊《き》いた。

「ええ、よく分かりますねえ、京都です、宇治で生まれ育ちましたの」

月江は嬉《うれ》しそうに言った。京都の気配をいまだに身にまとっていることが、誇らしいことなのかもしれない。

「宇治ですか。僕はまだ行ったことがないのですが」

「あら、そうですかァ、残念ですわ。ぜひいらしてください。宇治は平等院ばかりでなく、宇治川やら琴坂やら、美しいところが沢山ございますし、それにお茶はやっぱり宇治がよろしいですわ」

「宇治のお菓子屋さんから、熱海のお菓子屋さんに嫁いで来られたのは、何かわけがあるのですか？」

浅見は月江の郷土自慢に水を注《さ》すように、訊いた。

「はあ、うちは〔薫り木《かおぎ》〕という屋号で、父が十八代目、つい最近、兄が家業を継いで十九代目になりましたけど、代々、日本中からお弟子がたくさん見えますの。〔瀬賀和〕の社長――うちの主人の父もこの子の父親も、宇治の祖父や父のお弟子でした」

「あ、そうなのですか……」

浅見は一瞬の間に、十九代もつづいた宇治の老舗《しにせ》の菓子屋と、そこの気難しそうな老主人と、修業に励む弟子たちと、そして美しい娘たちと――そういう人々が醸し出す、独特の世界を思い描いた。

「一恵さんを前にして、ちょっとお訊きしにくいのですが……」

「あら、いいんです。私のことなんか気にしないで、浅見さんが知りたいことは、何でも訊いてください」

一恵ははっきりした口調で言った。

「それじゃ……失礼ですが、一恵さんのご両親は、祝福されたご結婚ではなかったのじゃありませんか？」

「え……」

月江は驚いた目を一恵に向けた。一恵はむしろ楽しげに、誇らしげに言った。

「ほらね、私が言ったとおりでしょう。浅見さんにはびっくりさせられちゃうって」

「ほんと……」

月江は当惑したように考えていたが、隠していてもしようがないと腹を決めたように、話しだした。

「どうしてご存じなのか知りませんけど、おっしゃるとおりで、姉夫婦は父の反対する結婚だったのです。姉には父の決めた相手がおりましたのに、この子のお父さん――曾宮健夫さんと駆け落ちみたいにして、熱海に来てしまいましたの。私はそのころにはもう、瀬川の家に嫁いでおりましたけど、しばらくは、私のところにも黙って、熱海のアパートに住んで、べつべつの勤め先で働いておりました。そのうちに、偶然――といっても、熱海は狭い町ですからね、私が町のスーパーに買い物に行って、姉とバッタリ会いましたの。それから、瀬川の父が中に入って、宇治まで足を運んで、いろいろお願いしたりしましたけど、宇治の父は頑固ですから、どうしても許してくれなくて……それで、瀬川の父が面倒を見て、熱海に小さなお店を出して上げるって言ったんですけど、曾宮さんがまた頑固な方でしてねえ」

月江はその曾宮の娘を、困ったような笑顔で見ながら、言った。

「どうしても人の世話になるのはいやだって言って、それで頑張って、とうとう、いまのお店を出したんです。ほんとに苦労したと思いますよ」

月江は涙ぐんで、声を詰まらせた。一恵も目を潤ませながら、叔母の背中にそっと手を当てた。

「さっきの、お母さんが『浮舟』と書いたのは、宇治のご出身であることと、関係があるのでしょうか」

浅見は二人の感傷から離れるように、ポツリと言った。

「ええ、そうかもしれません」

一恵も頷《うなず》いて、

「それと、紫式部に乾杯したこととも結びつきます」

「そうですね」

紫式部が書いた『源氏物語』全五十四帖《じょう》のうちの、『宇治十帖』とよばれる中に〔浮舟〕の巻がある。

「でも、なぜあのメモに『浮舟』とだけ書いたものか、それは分かりません。何の意味もないことかもしれないし……」

それは一恵の言うとおりだ。しかし、「何の意味もない」と言いながら、彼女自身、何かしら気になるものを感じているようにも、浅見には思えた。

「警察は、その浮舟のこと、何か言っているのですか？」

「いいえ、警察は何も。一応、現場にそういうものがあったことを、気にはしていたみたいで、私が意識を回復して間もなく、『これは何か？』って訊かれましたけど、私が分からないと言ったら、それっきりになっちゃいました」

「紫式部の乾杯のことは？」

「それも、何も……」

「驚いたなあ、いったい警察は何をしているんだろう？」

浅見は、熱海署の川口警部補が、その二つの事柄については何も言ってなかったことを腹立たしく思った。それは単に、隠しているのではなく、何の作業もしていないせいではないだろうか？

「浅見さんはどうお思いになりますの？」

月江が、試すような目で浅見を見つめながら、訊いた。警察の悪口を言うくらいなら、あなたはどうなの？——と、少し意地悪なニュアンスが感じ取れた。京都の女性はこんなふうに、一見、温かそうでいて、うちに理知的な、冷たく鋭いものを秘めている。

「そうですね……」

浅見はしばらく思案して、

「これまで知りえたかぎりでは、警察は一恵さんの臨死体験に振り回された印象がありますね」

「え？　私の臨死体験？……どうしてですか？　警察は何も信じようとしないんですよ。なのに、それに振り回されるなんて、あり得ないんじゃないかしら」

「いや、信じないからこそ振り回されるのです。要するに、あなたの臨死体験の話を聞けば、あなたが見聞きしたと言っていることすべてを、あなたの錯覚であるかのように受け取ってしまいたくなるのですよ。『紫式部に乾杯』などと言って自殺することも、警察の人間の常識からすれば、信じられない——いや、信じたくないような異様な出来事です。だから、そういう事実があったという、あなたの話から目を逸《そ》らせ、耳を塞《ふさ》いでしまう。せっかく重要なヒントを目の前にしながら、です」

「そうだわ、そうですよ、そうなんですよ！……」

曾宮一恵は感動的に叫んだ。

「浅見さんがおっしゃったとおりです。警察は、刑事さんは、私がおかしなことを言うたびに、『やれやれ』っていうような素振りを見せるんですよね。まるで、おまえはビョーキだから仕方がないが、おれたちの苦労も察して、なるべくわけの分からないことは言わないでくれよ——って、そういう雰囲気なんです」

「やっぱりそうでしょうね。しかし、それはやむをえないことではあるのです。警察が臨死体験だとか幽体離脱なんかを素直に信じてしまうようでは、法治国日本は根底からガタガタになってしまう」

浅見は兄・陽一郎《よういちろう》の威信を守るためにも、警察の弁護をしておかないわけにいかなかった。

「あの……」と、月江がふと思いついたように言った。

「こんなこと、関係があるかどうか分かりませんけど、姉は少女時代、紫式部がとても好きで、私や親しいともだちに、自分のことを『紫の人』とか『紫の君』とか呼ばせて悦に入っていたことがあるのです」

「ほう、紫の人——ですか」

浅見は新しい光が見えそうな感じがした。一恵もその話は初耳だったらしい。「そんなことがあったの」と、囁《ささや》くような声で言って、叔母《おば》の顔をじっと見つめた。

「そのころの姉はほんとうにきれいで、妹の私から見ても、羨《うらや》ましいくらいでした。そうねえ、いまの一恵ちゃんぐらいかしら」

「そんな……」

一恵ははにかんだが、笑顔にはならなかった。

「じゃあ、父はむかしの母の、『紫の人』に乾杯したのかしら？……ううん、やっぱり違うみたい。そういう感じではなかったわね。はっきり、『紫式部』そのものに乾杯したのだと思います」

「一般的に言って」と、浅見は言った。

「乾杯は、別離か祝福の際に行なう行事です。もしそのときの状況が別離を誓うような雰囲気でないとすれば、ご両親は、何か祝福し、あるいは喜びを表現して、紫式部に感謝された——と考えるのが、ごく常識的な見方だと思いますが」

一恵と月江は顔を見合わせた。たがいに、相手の胸のうちを推し量る目だ。

「違うわ！」と、一恵は世界中に反論するように言った。

「父は別離なんかのために、乾杯したんじゃありませんよ、断じて……」

「だとすると……」と、浅見は両手を擦り合わせ、ゾクゾクするような興奮を抑えるのに苦労しながら、言った。

「お父さんは紫式部に感謝したのですよ。そして、お母さんは、そういうご主人と一緒になって、喜びと感動を分かちあい、涙を流されたにちがいありません」

「そうです、そうなんです……」

一恵は両親の遺伝子が突然、芽をふいたように、「乾杯のとき」の両親の奇妙で複雑な感動を、そのままに表現した。彼女の目からは、母親が流したのと同じ静かな涙が、ジワッと滲《にじ》み出てきた。

第三章　殺意の人びと

1

浅見は曾宮家と、華江夫人の実家である京都・宇治の春田家、そして瀬川家との姻《いん》戚《せき》関係について訊《き》いた。この質問はなかなか微妙な問題を含んでいて、訊くほうも答えるほうも、神経を使う。ことに、春田家や瀬川家の側に差し障りが生じるような気配は、ほんの僅《わず》かでも感じさせるわけにはいかない。

華江夫人と結婚するまで、曾宮健夫は、まったくといっていいほどの天涯孤独の身の上であった。

曾宮の両親は終戦まで旧満州にいて、教師をしていた。戦後まもなく、生まれたばかりの健夫をかかえ、夫婦の出身地である東京に引き揚げたが、浅草にあった二人のそれぞれの実家は、あの三月十日の大空襲で焼け、両家とも全滅していた。

曾宮家は食糧難と就職難の東京を離れ、宮城県の農村に住み、そこで曾宮の父親は、元の教師の生活に戻った。当時の日本でもっとも活力があったのは農村で、人口も多く、学校も学童数もいまよりははるかに多かったのである。

それから十六年間、曾宮健夫はそこで暮らした。

健夫が高校二年のとき、父親が病死した。父親の行年は四十六歳——あとで分かったことだが、奇《く》しくも健夫が死んだ年齢と同じであった。

中学、高校を通じて、健夫は将来は東大か——と嘱望されたほど、優秀な成績であった。だが、父親の死によって大学進学の道は閉ざされた。健夫は高校を中退して京都・宇治の和菓子の老舗《しにせ》〔薫り木〕にいわば丁稚《でっち》奉公のように就職した。

「どうして、うちみたいなところに来たのかって、訊いたことがあります」

月江は当時を思い出して言った。

当時の〔薫り木〕は、老舗の常で、主人である春田家の人間と従業員とのあいだには、一線が画されていた。息子たちはともかく、妙齢に達した娘には、男性の従業員が親しくするのはもちろん、言葉を交わすことさえ禁じられていた。それを越えてはならないのが家憲のようなものであった。

月江の姉の華江は曾宮と同い年、京都の名門女子学園の高等部に通っていて、すでにお年ごろといってよかった。評判の美人で頭のいい華江は、父親の十八代・春田雅之が、それこそ目の中に入れても痛くない——というくらいの可愛がりようで、下手に従業員が馴《な》れ馴れしい態度を取ろうものなら、クビにしかねないほど激怒した。

月江は次女で、まだ中学生だったから、比較的自由に、店の従業員たちと会話ができたのである。

「そうしたら、曾宮さんは、甘い物が食べたかったからって言って、大笑いしました。けど、あとで知ったのですけど、ほんとうの理由はもっと真面目なことで、中学生のとき、仙台で伊達《だて》家の家宝展とかいうのを見に行きましたら、そこに、宇治のお茶と一緒に〔薫り木〕のお菓子を取り寄せた——という記録があったのだそうです。そんなもの、ふつうの人でしたら、誰も気にも留めないものだと思いますけど、それに興味を抱いたというのも何かの縁かもしれませんわねえ。そして、修学旅行のときに、平等院を見学に来て、その〔薫り木〕が現在も宇治にあることを知って、とても感動したのが、そもそもの動機だと言っておりました」

「それは私も父から聞いたことがあります」

と一恵が言った。

「父は子供のときから、運命に翻弄《ほんろう》されるみたいな生き方をしてきたでしょう。だから、有為転変の世の中で、ずっと変わることのない伝統的なものに、とても憧《あこが》れたのだそうです。でも、いろいろある伝統的な職業の中から、お菓子屋を選んだのは、やはり甘い物が食べたかったからだって言ってました」

曾宮健夫は頭もよく、やる気も十分だったから、菓子づくりの技法もまたたくまに習得していった。

伝統工芸といわれる文化は、手を取って教えるようなことはしない世界である。それは菓子の場合でも同じだ。曾宮健夫は、菓子を作る師匠の手元を、先輩たちの肩越しに遠くからじっと見つめて、技術を盗み、やがて先輩たちを追い越す勢いで、〔薫り木〕の菓子づくりの秘法を習得した。

その間に、宮城県に残してきた母親が急逝するという悲運に見舞われたが、そのときも、曾宮は葬式をすますと、とんぼ返りに宇治に戻って、ふだんと変わりない様子だったという。

「とにかく、ほんの少しのひまを惜しんで、いろいろな勉強をしていました。裏庭の土をこねて、何をしているのかと思ったら、餡《あん》や生地の練り方を研究しているんですって。それから、本も沢山読んでいました。とくに京都にちなんだ古典を独学で読んでたみたいです。姉も古典が好きで、そういうところからお付き合いが始まったのでしょうね」

話しているうちに、月江は宇治で暮らしていた娘時代の、懐かしい想い出があれこれと浮かび上がってくるらしく、しばしば言葉をとぎらせた。

「さっきも言ったように、春田の家では家族と従業員とのあいだには、越えてはならない一線のようなものがありましたから、曾宮さんと姉とのことを知っているのは私ぐらいなものでした。

父は姉の縁談については、万事、自分で取り仕切るつもりで、姉が大学を卒業するころになると、お茶の先生のご令息だとか、京都大学の先生のご子息だとか、あちこちの、いわゆる良家の方のお話をいただいては、姉に申し入れしておりました。でも、姉のほうは、曾宮さんとのことがありますから、いっこうに色よい返事をしませんでした。もっとも、父のほうも姉を溺愛《できあい》していましたから、本気で姉を嫁に出すつもりはなかったのかもしれません。

そうこうしているうちに、〔瀬賀和〕の父から、いまの主人の嫁に私を——と申し入れがあって、短大を卒業したばかりの私のほうが、姉より先に結婚することになってしまいました。姉を嫁に出すのは渋っている父が、私のときはさっさと話を決めてしまうのですから、ずいぶんな差別ですわね。

でも、瀬川家なら父にも私にも異存はありませんでした。〔瀬賀和〕の父は私の祖父の代のお弟子で、祖父が亡くなったあとは、ずっと父をバックアップして〔薫り木〕の看板を支えていた人です。本来なら、〔薫り木〕の暖簾《のれん》を分けて、どこぞにお店を出して上げてもよかったのですけど、とても遠慮のきつい人で、暖簾分けは、私の弟——春田家の次男、三男にするのが順当だと言って辞退しました。

そして、自分は生まれ故郷の網代に、京風和菓子の店を作りたいからと言って、宇治を去って、その希望どおり、いまの〔瀬賀和〕の店を出したのです。その代わりに、〔薫り木〕には自分の長男を見習い職人として残して行ったのですけど、それが私の主人の憲雄ですの」

春田家、瀬川家、曾宮家の関係がしだいに浅見の頭の中に構築されていった。もはやこれ以上、月江の話の先を聞くまでもなく、曾宮健夫が宇治の〔薫り木〕に就職したときから、曾宮と華江の不幸な行く末を予感できるような背景があったのだ。

曾宮にとって、華江とのことは苦痛であったのかもしれない。所詮《しょせん》は叶《かな》わぬ夢であることは分かりきっている。丁稚上がりのような無一物の曾宮にとって、十八代つづいた〔薫り木〕の令嬢は星よりも遠い存在であるはずなのだ。想いがつのるほどに、曾宮は悩み苦しみ、そしてついに見果てぬ夢に終止符を打つことにした。

曾宮の突然の退職願に、春田雅之は当惑した。若手の職人の中では抜群の腕を持つ曾宮に辞められることは、痛手であった。その理由を尋ね、繰り返し翻意を促したが、曾宮は理由を言わぬまま、翻意の意志のないことだけを言い貫いた。

しまいには雅之はサジを投げ、「勝手にするがいい」とそっぽを向いた。その翌日、曾宮は荷物をまとめ、わずかな退職金を手にして〔薫り木〕を出た。

「宇治橋を渡るとき、宇治川のせせらぎを見下ろしているうちに、泣けて泣けて困ったって、父が笑いながら話したことがあります。そうしたら、涙の向こうから母が駆けてきたんですって」

　まるで映画のワンシーンのような光景だ。そうして、曾宮と華江はドラマそのもののように、手に手を取って苦難の道を歩み出すことになる。

　しかし、曾宮と華江は苦難にめげず、熱海に根を下ろし、小さいながらも花を咲かせた。〔芳華堂〕という屋号には、華江の「華」と〔薫り木〕の屋号の「薫」を転じた「芳」の文字が遠慮がちに込められている。いつかきっと、主家の名に恥じない菓子と店を創ろうとする意気込みが感じ取れる。

「姉と曾宮さんは、私の結婚のとき熱海に来て、熱海にはまだ名菓といわれるほどのものがないことに目をつけたみたいです。熱海のような大きな観光地では、お土産品は異常なくらいに発達するのですけど、しっとりした伝統菓子の系譜は、あまり顧みられないらしいのですね。瀬川の父も私の主人も、そのことには気づいていて、いずれは熱海に進出する計画だったそうです。それを一歩、先んじるかたちで、曾宮さんは熱海にお店を出したわけですわね」

　しかし、曾宮の〔芳華堂〕の抱える現実は、健夫の理想からはほど遠いものであった。店の立地条件や店舗面積などからいえば、せいぜい駄菓子屋の規模である。もちろん、当初は自家製の菓子を作る設備投資すらままならなかった。

　小田原から菓子を仕入れ、市民や観光客相手にほそぼそと商売をしながら、曾宮夫婦はひたすら資金を蓄えた。そして、ようやくオリジナル商品を作るところまでこぎ着けた。だが、いくら健夫の自信作だからといって、おいそれとお客が買ってくれるわけのものではない。単に上品で美味しそう——というだけの菓子なら、東京辺りへ行けばいくらでもお目にかかることができる。まして、東京から来る観光客を引きつけることなど、できようがなかった。

〔瀬賀和〕が網代で成功したのは、第一に店舗のスケールにある。網代駅前店ばかりでなく、漁師町網代のど真ん中にある店舗デザインも、魚臭い町——というイメージを一新するほど、洗練されたものだ。そして、それにも増して〔瀬賀和〕大躍進の原動力となったのは、土産用の銘菓「伊豆の踊り子」の発明である。

「網代で『伊豆の踊り子』だなんて、ちょっと意外でしょう?」

月江はあどけなく笑った。

たしかにそのとおりだ。「伊豆の踊り子」はいうまでもなく川端康成の名作だが、踊り子が通ったのは、天城峠を越える下田街道。東伊豆の海辺の町・網代とは、直接にはまったく関係はない。

「それにしても、『伊豆の踊り子』とはすばらしいネーミングですねえ」

浅見は感心して言った。

「それまで、誰も思いつかなかったのが不思議なくらいです」

「ええ、もしかすると、みなさん、川端先生にご遠慮なさっていらしたのかもしれませんわね。でも、主人は宇治にいるころから、その企画を温めていたのだそうですの。そして早くに商標登録をして、私と結婚して網代に戻ってからは、『伊豆の踊り子』にかかりきりでした」

そして、「伊豆の踊り子」は爆発的に大ヒットした。それまでの、お手軽な土産用菓子のイメージを脱却した、独立した菓子としても高級志向にたえるだけの「銘菓」であったことも、変わらぬ人気を支えた。

現在、下田街道沿いの修善寺、湯ヶ島、河津、下田等々はもちろん、伊豆半島全域の観光地という観光地で「伊豆の踊り子」が売られている。

そうして備わった余力によって、〔瀬賀和〕は、本来の京風和菓子づくりに磨きをかけた。創立者である瀬川徳雄の古風と二代目憲雄の新風とを、巧みに盛り込んで、新しい独自の菓子をいくつも創り出してきた。

「そういう〔瀬賀和〕の隆盛を見るにつけ、曾宮さんはさぞかし辛《つら》く、もどかしかったことでしょうねえ」

月江は沈んだ声になった。

「ううん、そんなことないわ、叔母《おば》さん」

曾宮一恵は首を横に振って、言った。

「父も母も、貧乏には慣れっこだったし、いつも希望は捨てなかったみたい。いつかきっと——と言うことはあっても、一度も愚痴を聞いたことはなかったもの」

「一恵ちゃんはそう言うけど、それはあなたのお父さんお母さんが偉かったのよ。あなたの知らないところでは、きっと涙を流すことが多かったはずよ」

「…………」

一恵は黙って、涙がこぼれないように、仰向《あおむ》いた。

「最後に、一つだけ聞いておきますが」

浅見は一恵を励ますような口調で、彼女がもっとも触れられたくない話を持ち出した。

「一恵さんが幽体離脱をしたとき、見た犯人のことです。顔も見えず、姿もはっきりしなかったのでしたね？」

「ええ」

「しかし、何か一つぐらい、特徴になるものはなかったのでしょうか？　たとえば背が低いとか、太めであるとか、眼鏡をかけているとか……」

その一つ一つに、一恵は物憂げに首を横に振って応《こた》えた。

「それじゃ、その人物は何をしていたのですか？」

「ですから、私たちの死体を覗《のぞ》き込んで、それから、向こう向きになって、書類ケースの引き出しを開けたんです。こうやって……」

一恵は左手を突き出すようにして、引き出しを引っ張り出す真似をした。

「左手、ですか？」

浅見は訊《き》いた。

「ええ、こうでした」

「というと、犯人は左利きの人物だったことになりますね」

「ええ、あら、そうですよね……」

一恵は驚いて、浅見を見た。

「そのこと、警察は何も聞かなかったのですか？」

「ええ、だって、警察は私の話そのものをぜんぜん聞こうとしなかったんですもの」

「なるほど……」

浅見はまたしても、警察に対するやり場のないもどかしさに、腹が立った。

2

曾宮一恵と彼女の叔母に別れを告げて、浅見はふたたび熱海署の川口警部補を訪ねた。川口は浅見の表情を見ると、露骨に眉《まゆ》をひそめた。

（こいつ、血相変えて、何を聞き出そうっていうんだ——）という顔である。

浅見は浅見で、一恵と月江から仕入れた話をもとに、事件の、川口が話さなかった部分について、トコトン追及するつもりだ。

だいたい、曾宮夫妻の死が「他殺」であると断定するところからスタートしていれば、警察の捜査はまったく様相を一変していたにちがいなかった。

とはいえ、警察の判断が誤っていたという、確たる証拠があるわけでもない。

一般に、変死事件に遭遇した際、警察はまず、その死が、自然死、事故死、自殺、他殺のいずれによるものであるのかを見極めようとする。この見極めは迅速、かつ正確に行なわれなければならない。

曾宮夫妻の場合、自然死でないことは確かである。また、ワインに誤って毒物が混入したとは考えられないので、事故死でもないことは容易に確定できた。

残るは、自殺か、他殺か——のみ。

曾宮一恵の話によれば、曾宮健夫がワインでの乾杯を提案し、三人がテーブルを囲み、ボトルの封を切り栓を抜き、ワイングラスにワインを注ぎ、健夫が三度、乾杯の音頭を取り、いっせいにグラスを口に運び、ワインをあおった——という流れの中に、不審な点は何一つ無かった。第三者が介入する余地など、絶対にあり得なかったのだ。

だが、曾宮一家は——一恵の話を信じるならば、彼女も含めて——そのワインで死んだのだ。実況検分でも鑑識での科学捜査の結果でも、ワイン以外から毒物を検出することはなかった。

だから警察は自殺と判断した。

「いや、ワインそのものには何ら怪しい点はなかったですよ。もちろん、ボトルの中身からは毒物は検出されませんでした」

川口は浅見の執拗《しつよう》な問いかけに、うるさそうに言った。

「ワインは二日前、二軒先の沢田《さわだ》酒店で購入したものでしてね。酒屋の主人の話によると、曾宮さんは、娘さんが帰ってくるから、そのときに乾杯するんだとか言っていたそうです」

警察の調べに対して、酒屋の主人はそのときの様子を思い出して、次のように語っている。

——ほかにお客さんがいたもんで、そう長い話はしなかったけど、曾宮さん、嬉《うれ》しそうだったねえ。よっぽどいいことがあったみたいで、私はてっきり娘さんの結婚でも決まったんじゃないかと思ったが……いや、国産のワインですからね、そんなに高いものではありませんよ。だけど、曾宮さんとこは、そう言っちゃ悪いが、いつもビールばっかしでさ。ほんとはいける口なんだそうだが、お菓子づくりの職人にとっては、舌がいのちだそうで、アルコールをやり過ぎると、舌の感覚を失うとかいう話でした。ま、そんなわけで一本のビールを奥さんと半分コして飲むんだとか言って……いいご夫婦だったのにねえ。何があったのか、魔がさしたってやつでしょうねえ。

以上が警察に対する供述の要約である。

「魔がさしたとしか、自殺の動機を説明できないのですか？」

浅見は食い下がった。

「いや、あんた、魔がさしたって言ってるのは警察じゃないですよ。酒屋の主人……」

「しかし、警察はそれを真に受けているのでしょう？」

「べつに真に受けているわけじゃないけど、それじゃあんた、自殺の理由をどう説明できるっていうんです？　それ以外に何かあったら教えていただきたいもんですなあ。誰に聞いても自殺なんかする要素のまったくない人物が、ああして自殺しちまうのを、むかしから『魔がさした』って言うことになってるんじゃないんですか？」

「そもそも、自殺と決めてかかったことに、問題がありはしませんか？」

「おたくもしつこいねえ……」

川口はうんざりしたように、両手を大きく広げた。

「じゃあ、自殺でないとしたら、あれは何だったって言いたいわけ？」

「それでは訊きますが」

浅見は舌舐《したな》めずりをして、言った。

「さっき僕がお邪魔したとき、川口さんは二つのことを隠しておられましたね」

「隠した？　私が何を隠したって言うんですか？」

「一つは、曾宮夫人がメモに書いた『浮舟』の文字のこと。それから、もう一つは、曾宮さんが『紫式部に乾杯』と音頭を取ったことですよ」

「そんなもの……」

川口は呆《あき》れて、のけぞった。

「隠すも隠さないも、そんなもの、何の意味もないじゃないですか」

「意味がないですって？」

浅見も負けずに大きく背中を反らせた。

「どうして意味がないなどと、簡単に片づけることができるのですか？　『浮舟』の文字をなぜ書いたのか、それに、これから自殺する人間が、なぜ『紫式部に乾杯』なんて叫ばなければならないのですか？」

「あんたねえ……」

川口警部補は、そっくり返った体を前に戻して、今度は前屈《かが》みに老人のような恰好《かっこう》をして、愚痴った。

「だったら聞きますがね、『紫式部に乾杯』なんていう音頭は、いったいどういう際に叫ぶのがいいと言いたいわけ？　第一、『紫式部』うんぬんというのは、あくまでも、あの娘さんが語った伝聞にすぎんのですよ。なんたって、あの娘さんは臨死体験をした人だからねえ。この世の人とは思えない人の言うことですよ」

（ああ、やっぱり——）と浅見は一恵たちに言った観測が、みごと的中していたことに、むしろ驚いてしまった。

「それとねえ浅見さん」と、川口は浅見の不満そうな顔を見て、追い撃ちをかけるように言った。

「あんた、警察が何もしていないとでも思っているようだが、警察は万全を期して捜査を進めておるのですよ。もちろん、殺しの疑いがないかどうかについても、動機等については、あらゆる観点から綿密に調べ上げた上で結論を出したのです」

「それで、殺意を抱くような人物は、一人も出なかったのですか？」

「いや、そんなことは言ってませんよ。曾宮さんの周辺——つまり、近所の人だとか親類縁者の言うことを聞いているかぎりでは、曾宮さんが人に恨まれるようなことは考えられないと言う話ばっかしだったが、警察はそれを丸々信じるほど甘くないですからな」

「それでは存在するのですね、殺害の動機を持つ人物が」

「まあね……しかし、殺人の動機ぐらいは、多かれ少なかれ、大抵の人間は持っているものじゃないですか？　たとえば、この私だって、殺意とまではいかないが、あんたを叩《たた》き出したい程度の動機は持っていますよ」

川口はズバリと言って、「ははは」と哄笑《こうしょう》した。思ったより、ユーモアのセンスのある警部補であった。

「それで、誰々なんですか、曾宮さんに殺意を持っている人は？」

浅見はニコリともせずに訊《き》いた。

「えっ？　まさか、そんなことをあんたに言えますか。第一、プライバシーの侵害もいいとこじゃないですか」

川口は鼻先で笑った。

その憎らしい顔に向けて、浅見は最後の切札をぶつけた。

「左利きの男ですか？」

「は？……」

川口はギョッとして、たちまち険しい目つきになった。

テーブルを挟んで、二人の男は睨《にら》みあったまま、しばらく動かなかった。先に知りたい欲求に負けたのは川口のほうであった。

「何なのですか？　その左利きの男というのは？」

「曾宮一恵さんが見た犯人は、左利きだったんですよ。こうして、左手で書類ケースの引き出しを引いたのです」

「ふーん……」

川口は落ち着きなく、視線をあちこちに動かしていたが、じきに自分の錯覚に気づいて、苦笑した。

「なんだ、それはあれじゃないですか、彼女の夢物語じゃないですか」

「彼女は、はっきり左手を使って、引き出しを引く真似をしましたよ。ちなみに、彼女は右利きです。右利きの彼女が、夢物語に出てきた人物のことを話すのに、わざわざ左利きの真似をするものでしょうか？」

「………」

川口は考え込んだ。

「だからといって、僕が臨死体験や幽体離脱を信じる人間だとは思わないでくださ い」

浅見は勝利を確信したハスラーのように、ゆっくり言った。

「これまで、いろいろ聞いた話を総合して、僕なりにひとつの仮説を考えてみたのです。もしよかったら、それが当たっているかどうか、確かめに出掛けませんか？」

「出掛ける？　どこへ行くんですか？」

「もちろん、現場ですよ。曾宮さんのお宅へ、です」

川口は救いを求める目を、周囲に彷徨《さまよ》わせたが、悪魔の誘惑には逆らえない——とでもいうように、浮かない顔で立ち上がった。

3

曾宮家——〔芳華堂〕の中は、温まった空気が澱《よど》んでいた。事件後、家の中にはほとんど手をつけていないらしい。警察の作業はすべて、とっくに終了しているのだが、一恵がずっと病院暮らしをしていたし、そのあとも一度、覗《のぞ》いたきりで、瀬川家に転がり込んでしまった。

川口警部補は先に立って、「心中」の現場であるリビングルームに案内した。

小さな暗い部屋であった。窓はあるのだが、隣家の壁が接近しているので、採光がほとんどないに等しい。

川口は壁のスイッチを入れた。テーブルの上をサークラインの明かりが照らした。

ワインのボトルやグラス類は鑑識が運び出しているが、それ以外の灰皿や電話用のメモなどは、残されたままだ。

ただし、「浮舟」と書かれてあったメモは切り取られている。

「調度品類は、事件当時のままですな」

川口はグルッと室内を見回して、即座に判断した。テーブル周辺の椅子も当時のままの位置にある。

「あの娘さんは、ここに戻ったとき、オイオイ泣きましてねえ。ここから先には入ろうとしないのですよ。夏の盛りだったし、いろいろ食べ物なんかが腐敗して、悪臭が漂っていましたが、彼女はまるでそういうものから逃れるように、そのまま出て行きました。仕方がないので、腐るものだけは、親戚《しんせき》の連中が捨てていたみたいですがね」

浅見は部屋の中に入った。

「彼女が倒れていたのは、ここですね？」

奥のほうの床を指差して、言った。

「ほう、そのとおりですが、よく分かりましたな」

川口は驚いた。浅見は構わずつづけた。

「ここにこうして、仰向《あおむ》けに倒れていたのではありませんか？」

言いながら、自ら床に横たわり、仰向けになった。

「そう、まさにそのとおり……浅見さん、あんた、どうしてそれを知っているんです？　まさか……」

「ははは、まさか犯人では？　とでも言いたそうですね」

浅見は起き上がって、

「それじゃお訊きしますが、刑事さんの中で、ここにいまのように横になった人はいないのですか？」

「は？　まさか……」

川口は、古傷を触られた退役軍人のような顔をした。浅見がいったい何を言おうとしているのか、何かミスをほじくり出されるのではないか——と警戒している。

「いくら仕事に熱心でも、そんなことはしませんよ」

「どうしてですか？」

「どうしてって……そんなことをする必要はないでしょうが」

「どうして必要がないなんて言えるのですか？　被害者と同じ状況を体験しなければ、被害者の気持ちが分からないじゃないですか。嘘だと思ったら、川口さんご自身で体験してみてください」

浅見はもういちど、埃《ほこり》っぽい、安手のカーペットの上を指差した。

川口は、これ以上はない渋い顔をしながら、それでもノロノロと動いて、カーペットに横たわった。アマチュアの浅見がしたことを、専門家の刑事がしないのでは、中し訳が立たない――と考えたにちがいない。

川口は浅見よりも正確な位置に仰向けに寝た。ただし曾宮一恵より身長がある分、僅《わず》かに足を曲げないと壁にぶつかってしまう。

「見えませんか？」

浅見は訊いた。

「見えるって、何が？」

「そんなふうに僕に気を遣わないで、もっと精神を集中してくれませんか。いや、精神じゃなくて、視野狭窄《きょうさく》といったほうがいいかな。何しろ、あなたはいま死にかかっているんですからね」

「気味の悪いこと、言わないでもらいたいですなあ」

「死人は口をきかないで、もっとしっかり、真上の小さな一点を見つめてください。きわめて朦朧《もうろう》とした視力かもしれませんよ。かすかな視力で、狭窄された視野の一点を見つめる……ほら、そこに犯人の姿が見えてきませんか？」

「そんなことを言われたって、見えるわけが……あっ！……」

川口は驚きの叫び声を発した。

「犯人がいた……」

一瞬、死体のように硬直しかけて、川口は慌てて身を起こした。

「ほらね、あなたも臨死体験ができたでしょう」

浅見は書類ケースの前に屈《かが》み込んだ恰好《かっこう》のまま、川口を振り返って、笑った。

「驚いたなあ……」

川口は浅見を見つめていた視線を、頭の上の棚に移した。

棚の上には大きな電灯のフードが載っている。プラスチック製の、ほとんど球形に近い形のやつだ。以前使っていたのを外して、そこに仕舞ってあるのだろう。照明の影の部分に入っているので、あまり目立たない。

電灯フードの球形の北半球は、うっすらとねずみ色の埃をかぶっているが、アイボリーホワイトの南半球は、つややかな光沢を湛《たた》えている。

その球面に、ちょうどワイドレンズを通して見るように、この部屋のほとんどすべてが映っていた。浅見が書類ケースに向かっている後ろ姿も——である。

「これが臨死体験、幽体離脱の正体ですか……」

川口はふたたび、視線を浅見に戻した。

「そう、間違いありませんよ」

浅見は頷《うなず》いて立ち上がると、ほとんど放心状態で床に坐《すわ》り込んでいる川口に手を貸して、引き起こしてやった。

「曾宮一恵さんは、おそらく瞬間的に意識を回復したのでしょうね。そのとき、このフードの球面に映った犯人を見たのですよ」

「なるほど、そういうことですか……」

「いずれ、彼女にもう一度ここに横たわってもらって、確かめなければなりませんが、彼女の言っていた『幽体離脱』の際の、すべての物が縮小され、変形されて見えた——という経験談と、いま僕たちが体験したのとは、まさにピッタリ同じ風景だと思いますよ」

「まったくですなあ……いや、確かめるまでもないかもしれません。驚きました。感心しました。すごいもんですなあ……」

川口はブツブツと呟《つぶや》くように言って、浅見の顔を上目遣いに見た。

「浅見さん、あんた何者です？　ただのルポライターとは思えませんなあ」

浅見はギクリとした。

「は？　いや、ただのルポライターですよ。ただより安いかもしれません」

「そういう、はぐらかすようなことを言っているところが、どうも怪しい」

「そんなことより、これからどうします？　せっかく大発見をしたのだから、捜査を再開してくれるのでしょうね？」

「うーん……」

川口は斜め後ろに首を捻《ね》じって、幽体離脱の電灯フードを睨《にら》んだ。

「ややこしいことになってきたが……しかし浅見さん、その左利きの人物がいたとしてもですよ、はたしてそいつが犯人かどうかは疑わしいですねえ。なぜかというと……」

「あ、その前にちょっと、犯人は左利きではなく、右利きですよ」

「ん？　ああ、そうでしたな。ま、とにかく、そういう人物がここにいたとしてもです、そいつが来る前に、被害者はすでに死亡していたわけですからな」

「ああよかった……」

浅見は「ほうっ……」と息をついた。

「えっ？　よかったって、何がよかったんです？」

「いえ、川口さんが、はじめて『被害者』という言葉を発してくれたからです」

「ん？　ああ、いや、それはあれです。もののはずみっていうか、そのつもりですな、言葉のあやのようなもので……」

「いいのですよ、そんなにこだわらないで。僕も言葉尻《じり》を捉《とら》えてどうのこうの言うつもりはありません。ただ、川口さんがほんの少しでも、殺人事件の可能性について、再認識してくれたら満足なんです」

「いや、私は何も再認識なんか……だいたいですよ、殺害の可能性がない以上、殺人事件であるはずがないのです」

「殺害の可能性がない——というのは、要するに、ワインに毒物を混入するチャンスがないことを言っているのですね？」

「そのとおりです」

「その問題については、また別途に考えればいいじゃありませんか。とにかくいまは、事件当時この部屋に、三人の『死体』のほかに、もう一人の人間が存在したということ、その事実さえ、確認できればいいのです」

「事実って……浅見さん、私は事実だと確認したわけじゃありませんぞ」

「あれ？　それじゃ川口さんは、あの電灯フードに映った光景は、曾宮一恵さんが死の世界で見たものだと……つまり、臨死体験やら幽体離脱やらを信じる側に、宗旨替えしたんですか？」

「そ、そんなことは言ってませんよ」

「しかし、それじゃ矛盾になるじゃないですか。せっかく、彼女が主張する幽体離脱のカラクリを見破ったというのに」

「うーん……」

川口は唸《うな》った。心は千々に乱れ、空中分解しそうなのだ。

「分かりましたよ。いいでしょう。百歩譲って、私も浅見さんの意見を五十パーセント……いや、三十パーセントは信じることにしますよ」

ようやく決心がついたらしいが、そのわりには、あまり威勢がよくなく、「しかしねえ浅見さん」と付け加えた。

「このことは、当分のあいだ──つまり、もうちょっと事実関係がはっきりするまでは、私とあんただけの秘密にしておいていただけませんか。いくらショックを受けたからって、素人さんに言われたとおり、心中事件を殺人事件に引っ繰り返すなんてことは、二十何年も刑事をやってる者として、人聞きが悪いことおびただしいですからなあ。刑事課長に知れたらクビですよ、クビ」

「いいですよ、秘密にしましょう。そのほうが僕も好都合なんです」

「は？　浅見さんも好都合とは、どういうわけです？　浅見さんのほうにも、誰か、知られると具合の悪い人がいるのですか？」

「まあ、そんなことはどうでもいいじゃないですか。いずれにしても、僕たちは意見の一致をみた者同士ということです。今後はひとつ、真相究明のために力を合わせましょう。よろしくお願いしますよ」

浅見はグッと手を突き出した。その手を握っていいものか──川口はしばらく逡《しゅん》巡《じゅん》してから、思いきったように、力強く浅見の手を握り返した。

4

二人は曾宮家を出て、熱海署へ戻る途中にある喫茶店に入った。

「ここはあまり観光客の目につかない、馴染《なじ》みだけを相手の店ですよ。それだけに流《は》行《や》らないけどね」

川口はドアを開けながら解説した。ドアの向こうにマスターがいたから、「そりゃないやね、警部さん」と顔をしかめた。

「あ、いたのか、ははは……」

川口は照れ笑いして、

「おれはまだ警部じゃないっていうのに。官名詐称してるみたいじゃねえか」

「いいじゃないすか、警部補のホっていうのが、なんだか取ってつけたみたいで言いにくいんですよ。それより、うちの店、流行らないっていうのはやめてもらいたいねえ」

「だって事実だからしようがねえだろう。ほら……」

顎《あご》の先で店内を示したとおり、客は一人もいなかった。

「中途半端な時間に来るからですよ。もう三十分もすりゃ満員だね」

「嘘つけ」

コーヒーを頼んでおいて、二人はいちばん奥のテーブルに座った。

「ここはね、刑事になりたてのころ、熱海署勤務があって、ちょくちょく来たんだが、おやじが老けた以外は、そのころとちっとも変わってない店ですよ」

川口は店の中をグルッと見回して言った。

「熱海も、むかしと違って、真面目になったもんですよ。近頃は、女性が温泉客の中心だからね、いかがわしいストリップ小屋なんかは嫌われるんでね。それに、旅館が大型ホテル化して、建物の中で何でもかでも楽しめるようになっちまった。湯の町をブラブラしなくっても、土産物も食い物も賄えちゃう。だから、こういう店も上がったりだし、ヤクザも食いっぱぐれるし、警察もすっかりひまを持て余して……あ、こんなこと言っちゃまずいね。へへへ……」

川口警部補は下卑た笑い方をした。

「いや、笑いごとじゃないすよ」

マスターがコーヒーを運んできて、面白くなさそうに言った。

「ヤクザと警察がひまなのはいいけど、うちあたりは、お客が出歩いてくれなきゃ、困っちまうんだから」

「出歩いたって、こんなとこじゃ、お客が分かんねえじゃないの」

「そんなことないすよ。むかしはね、こういう店で、粋なシャンソンを聴きながら、湯の町の雰囲気を楽しむアベックなんかがいたりして、いいもんでしたよ」

「そんなこと言ったって、世の趨勢《すうせい》がそうなんだから、仕方がないじゃないのさ」

「それは違いますよ。われわれ町の人間は、それぞれ店や町並みに工夫を凝らして、なんとか、お客が楽しめる熱海にしようって、努力しているんだから」

「じゃあ、またぞろ、射的屋とストリップでも始めようってわけ?」

「それだもんねえ、警部さんみたいに、古いことばっかし言ってる人間が多いから、いつまで経ってもだめなのよ」

マスターは、かなり薄くなった頭を振り振り、嘆いてみせた。

「観光客を惹《ひ》きつけるような、熱海ならではの魅力的な店や商品を創ることですね」

浅見はポツリと言った。

「えっ……」

マスターは意外そうな目で浅見を見た。

「へえー、刑事さんでも、若い人は違いますねえ。いいこと言うじゃないですか。あんたのおっしゃるとおり。まさにそういうことで、目下われわれは悩み苦しんでいるところですよ。頭の固い上司に似合わない優秀な刑事さんですなあ」

「おいおい」と、川口は苦笑いした。

「どうでもいいけど、この人は刑事なんかじゃないよ」

「えっ、違うの？　なんだ、道理でねえ、そうでしょうねえ、変だと思った」

「どういう意味だ、それは？」

「ま、あれですよ、こちらさんのおっしゃるとおり、これからは、いい店といい商品で、お客の評判を取るようにしないとね。とにかく、ホテルの中に引っ込んだままで、これが熱海だなんて思われるのは、熱海の恥ですよ。最近は、熱海に来て、お宮の松も知らないまま帰っちゃうお客が多いんだから、情けないじゃないですか」

「分かった、分かった」

川口は慰めておいて、「分かったけど、おまえさんの愚痴を聞くために来たわけじゃないんだから、あっちへ行っていてよ」と、マスターを追い払った。

「しかし、考えてみると、〔芳華堂〕の曾宮さんも、そういう街づくりや店づくりを夢みて、優れた菓子を創ろうとしていたのかもしれませんね」

浅見は言った。

「ああ、それはそうかもしれません」

「その夢が砕けて、あの店もいずれ、マンションかビルに建て替えられてしまうわけか……」

浅見の脳裏に、あのハイエナのような不動産屋のことが思い浮かんだ。

「ところでね、浅見さん」

川口は真顔になって、身を乗り出し、声をひそめて言った。

「これはほんとに、ここだけの話にしておいてもらわないと困るのだが、さっき私は、警察も一応、殺しの疑いについても考えたと言ったでしょう。つまり、動機を持っている人物がいないかどうか——ということね」

「はあ」

「そりゃ、人間が生きていれば、それなりに利害関係を伴う摩擦もあるわけで、曾宮さんを嫌っていたか、あるいは煙たいと思っている人物もいるわけですよ。もっとも、殺すところまではいきそうもないですがね」

「たとえば、曾宮夫人の——華江さんの父親なんかも、その中に入りますか?」

「えっ……」

川口は(またか——)というように、鼻の頭にしわを寄せた。

「まったく、あんたは何でも知ってますなあ。というと、曾宮さんの娘さんに会ったわけですか」

「ええ、それと、瀬川さんの奥さん——華江さんの妹さんにも会いました」

「だったら、私が言わなくても、それらしい人物に心当たりがあるんじゃないですか? 浅見さんのことだから」

「いや、いまのところ、はっきり曾宮さんを憎んでいたと分かっているのは、華江夫人の父親だけです。しかし、華江さんまでを殺してしまうとは考えられません」

「そう、それですよ。奥さんどころか、娘さんまで殺害するというのは、どう考えたって無理な想定でしてね。したがって、誰も該当しないことになる」

「ただし、一恵さんがあの夜、帰宅するとは知らなかったのかもしれませんよ」

「なるほど、だとすると、まず酒屋は容疑の対象から外れますな」

川口は皮肉な口振りで、

「つまり、酒屋以外は全員、資格があることになります」

「そんな冗談を言ってる場合ではありませんよ」

浅見はこの男としては珍しく、真顔で相手を睨《にら》んで、言った。

「想定ということでしたら、動機を持っている人物を、少なくとも四人は想定できるはずです」

「四人も？」

「ええ、商売がたきとしてです」

「商売がたき？　というと、〔芳華堂〕の近所の菓子屋ですか？　しかし、あの手の菓子屋はそんなにないと思いますがね。むしろ、土産用の温泉まんじゅうなんかを売っている店なら沢山あるが」

「僕が言ってるのは、そうではなく、京風和菓子の店としてのライバルです」

「京風和菓子のライバル？……だったら、東海岸町の〔瀬賀和〕ですか？」

「えっ、東海岸町というと？」

「熱海の目抜きみたいなもんですよ。お宮の松の辺りがそうです」

「じゃあ、そこにも〔瀬賀和〕の支店があるのですか？」

「ありますよ、去年店開きして、網代の〔瀬賀和〕の店長がこっちに移ってきたのです。若尾剛《たけし》といいましてね、〔瀬賀和〕の会長の長女が奥さんですよ。しかし驚きましたなあ、浅見さんはそのこと、知らなかったのですか？」

「ええ、知りませんでした……しかし、曾宮一恵さんは、若尾さんのことをなぜ話してくれなかったのだろう？」

「それはあれでしょう、彼女としては、あの心中事件がじつは殺しだと言ってる手前、〔芳華堂〕の近くに動機を持っていそうな、身内の人間がいることを、話したくなかったのじゃないですか」

「そう、でしょうね……だとすると、動機を持つ人物は五人になります」

「つまり、その若尾氏と〔瀬賀和〕の二代目社長と、それから？」

「宇治の〔薫り木〕の三人の兄弟です」

「えっ？　あははは……」

川口は吹き出した。

「そんな、いくら何でも、実の姉妹を殺すはずはないでしょう。〔瀬賀和〕のほうは血の繋《つな》がりがないから、ともかくとして」

「いや、殺意は血の繋がりがあるなしに関係はありませんよ」

「は？……ああ、それはまあ、たしかにそのとおりですな……しかし浅見さん、おたく、刑事より冷酷なことを平気で言いますね」

川口は寒そうに首をすくめた。

「平気じゃありませんよ。それに、僕は川口さんみたいに、その五人が殺すとか、殺したとか、そんなことは言ってません。単に、動機を持つとだけ言ってるんです」

「あ、そいつはひどいねえ。それじゃまるで、私だけが極悪非道みたいに聞こえるじゃないですか」

「はあ、そういうことになります」

「えっ、あはは、参ったなあ。あんたにあっちゃかないませんよ。だけど浅見さん、真面目な話、その五人が動機を持つっていっても、ただ商売がたきだからという程度じゃ、ほんとのところ殺意にまでは結びつかないのとちがいますかなあ」

「常識的にいえばそうですが、ちょっと気になることがあるのです」

「気になるって？」

「一つは遺書ですよ。いや、遺書と思われているもの——というべきですね」

「ああ、それはたしかに、これが殺人事件だとなったら、遺書ではないことになるわけですからな。しかしねえ……」

川口は当惑しきった顔で腕組みをしたが、思い直したように言った。

「一つは遺書——ということは、ほかにも何か、気になることがあるのですか？」

「ええ、例の二つの言葉ですよ。『浮舟』と書いたメモと、それから『紫式部に乾杯』という、あれです」

「ふーん、それじゃ浅見さんは、まだその妙ちくりんな言葉にこだわっているわけですか？　まあ、たしかに謎めいた言葉ではあるけれど、それが何だと言うのです？」

「その謎を解く鍵《かぎ》は、たぶん、宇治にあると思います」

「宇治に？……」

いよいよついて行けない——と、川口はお手上げのポーズをしてみせた。捜査本部があって、出張費でも出るならともかく、警部補の安月給では、物理的にもついて行けない距離である。浅見はそういう川口から視線を外して、まだ見ぬ宇治の風物に想いを馳《は》せていた。

第四章　宇治へ

1

翌朝、宇治へと向かうソアラの助手席に曾宮一恵が坐《すわ》っていた。これはもちろん、浅見の予測を超えたアクシデントである。

昨日、浅見が電話で「宇治へ行くので、紹介状を書いて欲しい――」と言ったとたん、一恵は「私も行きます」と宣言した。

「信じられないかもしれませんけど、私もまだ、宇治に行ったことがないんです。両親がああいうかたちで宇治を飛び出したものですから……だから、母の故郷をいちど見ておきたくて。浅見さんが行くのなら、乗せて行ってください」

そう言われては断れない。これはあくまでも、不可抗力というものだ。しかし、この件については、やはり「事件簿」から除外しておこう――と浅見は思った。でないと、例によって軽井沢のセンセに何を書かれるか分かったものではない。まるで浅見が、下心があって一恵を誘ったがごとくに書かれそうだ。

そういうわけで、浅見は日帰りの予定を急遽《きゅうきょ》、変更して、網代に宿を取ることになった。熱海でもよかったのだが、時刻表で旅館の料金を較べると、網代のほうがいくぶん安かった。キャッシュカードの銀行残高が気になる身分としては、少しでも安いに越したことはない。

ところで、驚くべきことだが、網代の旅館に宿泊しようと思って、何軒もの旅館に電話をかけたが、すべて断られた。「申し訳ありません、満員です」と婉曲《えんきょく》に断るところと、「お一人様では……」と、はっきり理由を言うところとがあった。観光協会で訊いてみると、「誠にどうも……」と苦々しい顔で恐縮していた。

要するに、一人客のために大きな部屋を使ったり、料理を仕込んだり、仲居さんを頼んだり——では、採算が取れないということのようだ。かつて、川端康成が下田街道を旅したような、独り気儘《きまま》な旅はできない世の中なのだろうか。

一恵は瀬川家に泊まればいいと言い、叔母《おば》の月江も、ぜひと勧めてくれたが、そうはいかない。仕方なく、浅見は民宿に泊まることにした。

しかし、網代は民宿がむしろよかった。さすが漁港のある町だけに、刺身を中心とする魚料理がふんだんに出た。おまけに、給仕をしてくれるおかみさんから、網代や熱海の風土だとか、瀬川家の噂なども問わず語りに仕込むことができた。

それによると、瀬川家の評判は概していいということであった。

網代は気候が温暖の地で、むかしから、のんびりした気風のところらしい。あくせく働く者がなく、大物政治家が出たとか、立身出世のエピソードなどもない。そういう中にあって、〔瀬賀和〕の成功例など稀有《けう》のことなのだ。

しかも、〔瀬賀和〕は事業が成功したという点だけではなく、町の文化的な側面でも、新しい風を吹き込んだことが評価されているようだった。

「あのきれいなお店ができただけで、網代駅前の通りの雰囲気が、ガラッと変わりましたものね」と、おかみさんは言っていた。

「商売熱心だけど、ガッツしたところがないですものね。〔月照庵〕さんだって、のんびりしたものでしょう。網代でああいう、のどかにお茶を楽しむお店ができるなんて、誰も考えもしませんでしたものねえ」

浅見は〔瀬賀和〕一族の、網代の風土そのもののような温和な気風を知って、何がなし、ほっとするものを感じた。事件の関係者が身内同士——というのは、浅見のような気の弱い人間にとっては、もっともつらいパターンなのである。

＊

薄日の射すドライブ日和であった。沼津インターから東名高速に乗り、ソアラは快適に走った。目的の深刻さとは裏腹に、曾宮一恵は、次々に変わる景色や浅見とのお喋《しゃべ》りに夢中で、むしろ、楽しげでさえあった。

事件から三ヵ月が経過している。不幸は不幸として、若い一恵が、いつまでも陰鬱《いんうつ》な過去の記憶に閉じ籠《こ》もっていられるわけはないのだ。この小旅行は、ひとつの転機になるのかもしれない——と、浅見は一恵のためにも、自分のためにも、多少、言い訳がましく、そう思うことにした。

浅見と一恵は、ちょうど十歳の開きがあるのだが、あれこれ話をしているうちに、そんな年齢差を意識しないほどに、打ち解けてきた。まだタマゴとはいえ、アナウンサーである一恵は、小気味がいいほどに、よく喋った。仙台での生活、テレビ局での出来事、仕事を通じて出会ったタレントや有名人のこと……一恵の話は未来へ未来へと、まるで過去から逃れるように、果てしなく広がってゆく。

彼女のお喋りに付き合いながら、浅見の胸には、たえず事件のことが去来している。老人のように、現実と過去をひきずって歩いているのが、自分でも疎ましい気もするけれど、こればっかりはやむを得ない。

「熱海の東海岸町に、〔瀬賀和〕の支店があるのだそうですね」

ハンドルを握って二時間ばかり、とりとめのない会話の延長上のように、浅見はさり気なく言った。

「えっ、ええ……」

一恵は戸惑ったように、それまであんなに流暢《りゅうちょう》だった言葉が揺れた。やはり、いくぶん後ろめたいものがあるらしい。

「昨日は、そんなこと、ぜんぜん話題に出なかったけど」

「あら、そうでしたっけ……」

「店長の若尾さんというのは、どんな人ですか？」

「よく知りませんけど、おとなしくて真面目で仕事熱心な人だそうですよ」

「しかし、見込まれて〔瀬賀和〕のお嬢さんをお嫁さんにもらったり、熱海店を任されるほどだから、なかなかの遣《や》り手なんじゃないですかね」

「かもしれませんけど」

何が言いたいのか――と、浅見の真意を探るように、一恵は視線を向けた。その視線を左頰に感じながら、浅見は言った。

「同じ熱海で、同じような京風和菓子の店を開いているとなると、競争心がはたらくでしょうね」

「そう、でしょうか……」

「ことに、若尾さんのように、真面目で仕事熱心な人だと、会長さんや社長さんの期待に応《こた》えなければならない――という使命感に燃えているにちがいない」

「…………」

「目と鼻の先にある、ライバルの店には、決して負けたくないだろうなあ」

「あの……」と、一恵はついに我慢できなくなって、訊《き》いた。

「それって、もし浅見さんが言うとおりだとすると、どういう意味があるんですか？」

「あなたのお父さんの〔芳華堂〕は、〔瀬賀和〕の熱海店にとって、どういう存在だっただろうと思ったのです」

「それは……うちなんて、〔瀬賀和〕に較べたら、取るに足らないちっぽけな店です」

「そう、いまはね。しかし、可能性を秘めていたのかもしれない」

「それにしたって、借金で首が回らないみたいな……」

「それは違うと思いますよ。お父さんのお店には希望があった。希望に向かって大きく羽ばたこうとしていたのです。そういう〔芳華堂〕にとって、借金なんか、それこそ取るに足らないものじゃないですか」

「ほんとに希望があったのかしら？」

「もちろんですよ。だから乾杯したのでしょう？『紫式部に……』と」

「そんなこと……あれはだって、死ぬための……」

「ばかな！……」

浅見は鋭く叱った。

「あなたがそんな矛盾したことを言ってどうするんです」

「ああ、ごめんなさい、混乱しちゃうんです。あんまり、いろんなことがあって、いろんなことを言われるから、どこまでが真実で、どこまでが錯覚なのか、自分自身が分からなくなってしまうんです」

「真実は一つだと思えばいい。あなたのご両親は殺されたのだということですよ」

「ええ」

「それだけをひたすら信じていれば、見えるべき物が見えてくるはずです」

「だけど、自分が経験していながら、何だか信じきれないんですけど、臨死体験だとか、幽体離脱だとかいうの、ほんとにあるものなんですか？」

「ははは、そんなものはこの世にはありませんよ」

「えっ、ほんとに？……」

「ええ、学者だとか評論家なんかは、面白がって信じたり、信じたふりをしているけど、あんなものは嘘っぱちです。富士山大爆発の予言なんかだと、時期がくればすぐに化けの皮が剝《は》がれちゃうけど、曖昧《あいまい》で不確かで科学的にはなかなか証明されないことを言っている分には、当分、メシの種になる。イギリスのミステリーサークルだって、ＵＦＯだとか超常現象だとか、まことしやかに論議して、何のことはない、結局、老人のいたずらに過ぎなかったじゃないですか。それなのに、まだ学者の中には、いや、あれは老人たちのほうが間違っているなんて言ってるヤツがいるのだから、開いた口が塞《ふさ》がらない」

「でも、私は見ました」

一恵は断固として言った。

「天井の、もっと上のほうから、私たちが死んでいるところを、確かに見たんです」

「そのことだけど、事件後、あなたは自宅に帰っていないそうじゃないですか」

「帰りましたよ、一度だけ」

「しかし、すぐに泣き出して、逃げちゃったのでしょう?」

「ええ、とてもつらかったんですもの」

「そんなふうに、現実から目を逸《そ》らしてばかりいたんじゃ、見えるものも見えなくなるんです」

「…………」

「昨日、僕はあの部屋に入って、あなたと同じ視点から、現場を見てみましたよ。そうしたら、すぐに、あなたの幽体離脱を体験できました」

「えっ、幽体離脱を体験できたって、どういうことですか?」

「あなたの倒れていた頭の上に、棚があるでしょう」

「え？　ええ……」

「そこに丸い大きな電灯フードが載っているのに気がつかなかったかなあ。あなたと同じように、仰向《あおむ》けに倒れて、そのフードを眺めていたら、そこに部屋全体の風景が映っていましたよ」

「あ……」

一恵は丸く口を開けた。

「じゃあ、私が見たのはそれ？……」

「そう、あなたが見たのは現実の風景だったのです。あの場所でそのまま目覚めれば、謎はすぐに解けたのに、病院のベッドの上で、朦朧《もうろう》とした意識の中で記憶を再現したから、幽体離脱の伝説ができちゃったというわけですね」

「そうだったの……えっ、だけど、それがほんとなら、あのとき見たのは、やっぱり本物の犯人だったんじゃないですか」

「そう、本物の犯人。あなたは犯人を目撃しているんですよ」

「ほら、ね、そうでしょう、やっぱり父と母は殺されたのでしょう。それなのに、警察はちっとも信じてくれないんだから」

「いや、警察も信じ始めましたよ」

「えっ、ほんとですか？」

「もっとも、目下のところは、ただの一人きりですけどね。しかし、じきにみんなが信じるようになります」

「そう、そうなんですか……だけど、そのことと、〔瀬賀和〕の熱海店のことと結びつけるっていうのは……まさか浅見さん、若尾さんのこと、本気で疑っているんじゃないでしょうね」

「本気ですよ。といっても、若尾さん一人を疑ってかかっているわけじゃないけど。いま、僕たちが――というのは、僕と唯一の仲間である刑事さんですが、僕たちが進めようとしているのは、動機の特定です。曾宮さんご夫妻を殺害する動機を持つ人びとを、思いつくかぎり、洗い出すことから、まず手をつけているのです」

「そうなんですか……」

一恵は不安そうに頷《うなず》いてから、「はっ」として、顔を浅見のほうにねじ向けた。

「それ、動機を持つ人びとを洗い出すって……あの、宇治へ行くのは、その目的のためなんですか？」

「もちろん、それもあります」

「えっ、やだ、そんなことでだったら、私は宇治になんか行きませんよ。浅見さんのことだって、紹介なんかしたくありません」

「ひどいなあ、そんなのはルール違反だ」

「浅見さんこそ詐欺みたいなものじゃないですか。私を騙《だま》して……」

「僕は騙してなんかいませんよ。宇治へ連れて行ってくれっていったのは、あなたのほうでしょうが」

「だけど、私は母の故郷を見たいからって言ったでしょう。そんな、犯人探しのために行くって知っていたら、一緒になんか行くもんですか」

「分かりました。それじゃ、どこかで下ろすから、上りの高速バスに乗って、さっさと帰りなさい」

「いじわる……」

一恵は顔を覆って泣きだした。

「参ったなあ、女はこれだからいやになる。どうして論理的な物の考え方ができないんですかねえ」

浅見は、自分の女性の扱い方の下手なのを棚に上げて、大いに嘆いてみせた。

「だいたい、警察がちっとも殺人事件として取り扱おうとしない——といって、憤慨していたのは、あなたなんですからね。だったら、ご両親が殺害されたことを立証する、確かな証拠をみつけ出して、警察に捜査のやり直しをさせなければならないでしょう。そのために宇治へ行くんじゃないですか」

「それは分かります。だけど、宇治に行ったって、犯人なんかいるはずもないのに、まるでいやがらせをしに行くみたいなものじゃありませんか」

「へえー、宇治には犯人がいないなんてことが分かるなんて、あなたは名探偵にちがいない。それじゃ、訊《き》きますが、いったい犯人はどこにいるのですか？」

「………」

「いいですか、犯人が誰なのか特定されるまでは、あらゆる人間が犯人でありうるし、どこにでも犯人が存在しうると考えるべきなんです。早い話が、この車の中にだって犯人がいるかもしれない」

「えっ……」

一恵はのけ反って、助手席側のドアに背中をぶつけた。

「この車の中って、まさか……」

「いや、ほんとに犯人がいるかもしれませんよ。ただし僕が犯人でないことだけは確かですがね」

「えーっ、どういう意味ですか、それは？」

「あなたにだって、犯人である立派な資格があるっていうことですよ。いや、世界中で、もっとも疑わしいと言ってもいい。たとえば、あの乾杯の直前、グラスに毒物を投げ込むチャンスは、あなただけに与えられていた。しかも、自分のグラスには致死量以下の毒を入れることもできた。そして、見てもいない犯人の目撃談をでっち上げることも可能だった。それから……」

「やめて―！……」

一恵は悲鳴を上げた。

「鬼！　鬼よあなたは。そんなこと……私が父や母をあんな目に遭わせるなんて……よくもそんなひどいことを、考えたり言ったりできるもんだわ。降ります！　車を停めてください」

一恵は向きを換えて、ドアロックを外しにかかった。

「あっ、危ない、やめなさい！」

車は百キロを超えるスピードで走っている。急ブレーキをかけるわけにはいかなかったが、幸いパーキングエリアの標識が接近していた。

浅見は一恵の腕を摑《つか》みながら、急いで左折のウインカーを点滅させた。

「放して！　放してくれませんか！」

一恵は本気でジタバタした。危なくてしようがない。

「放してもいいが、それじゃきみは、『紫式部』の謎を解かなくてもいいのか！」

浅見は怒鳴った。

「えっ？……」

一恵はピタッと動きを停めた。「犯人を探さなくても……」と言ったのでは、これほど効果的にはいかなかったにちがいない。

浅見は、ウサギのようにおとなしくなった一恵の腕を放すと、ゆっくりハンドルを捌《さば》いて、車を駐車スペースに収め、エンジンを停めた。

「今度の宇治行きの目的は、もちろん、お母さんのお身内の人たちに、いろいろ話を聞くこともあるけれど、僕はとくに二つのことを明らかにしたいのですよ」

浅見は駄々っ子に言い聞かせるように、とつとつとした口調で話した。

「その二つとは、第一に、お父さんの遺書のこと」

「遺書？……」

「そう、あの『死をもってお詫《わ》びいたします』という、あの遺書が生きているかぎり、警察の頑迷をうち砕くことは難しいですからね」

「それが、宇治に行けばどうにかなるのですか？」

「たぶん、ね」

「じゃあ、もう一つは？」

「だから、それが『紫式部』ですよ。なぜお父さんはあのとき、『紫式部に乾杯』などと言ったのか――その謎を解くのです」

「それも宇治に行けば分かるんですか？」

「たぶん、ね」

浅見はようやく、白い歯を見せて笑った。

一恵はその浅見の顔をじっと見つめていたが、ふっと頷くようにしてから、浅見に背中を向けて、ドアのロックを外した。

「あっ、きみ、まだ分かってくれないのか」

浅見は腹が立って、怒鳴った。

「そうじゃありませんよ」

一恵は泣き笑いのような顔を振り向けて、小さな声で「トイレ」と言った。

2

朝ぼらけ　宇治の川霧
絶々に　あらはれわたる
瀬々の網代木　　藤原定頼

瀬田東インターチェンジで名神高速を下りて、京滋バイパスに入った。一九八八年八月末に完成したばかりのハイウェイで、これだと宇治の中心まで二十五分ほどで行ける。

京都府と滋賀県の境の山地は、それほどの高山があるわけでもないけれど、濃密な緑に覆われた山のあいだを、瀬田・宇治川が深い谷を刻んで、さながら深山の趣を感じさせる。京滋バイパスはほとんどが山の中を走る、トンネルばかりの道であった。バイパスを宇治東で出て、まもなく宇治橋にかかった。少し色褪《いろあ》せた低い欄干越しに、宇治川の瀬を見た瞬間、浅見はふと「朝ぼらけ……」の和歌を思い浮かべた。

「あっ……」と呟《つぶや》きが洩《も》れた。

「どうかしました？」

曾宮一恵は心配そうに訊いた。

「いや、いま百人一首の歌を思い出したんですよ。ほら、『朝ぼらけ　宇治の川霧絶々《たえだえ》に　あらはれわたる　瀬々の網代木』という、あれ」

「ああ、聞いたこと、あるみたい」

「えっ、そう、あまりよく知らない？」

「ええ、私は無知だから」

「ははは、無知ってことはない。僕は子供のころから百人一首が得意だったから、たまたま知っているだけですよ。しかし、いままでぜんぜん気がつかなかったのが不思議なくらいだなあ」

「気づかなかったって、何がですか？」

「ほら、いまの歌、『宇治』と『網代』が詠み込まれているじゃないですか」

浅見はもういちど、歌を諳《そら》んじた。

「ほんと、そういえばそうですね」

「べつに意味もない、単なる偶然にすぎないのだろうけれど、何だか奇妙な感じがすると思って」

「ええ、奇妙だわ」

一恵も浅見の感慨が伝染したように、厳粛な表情になった。

宇治橋は日本最古の橋で、記録によると、大化二年（六四六）に高句麗《こうくり》出身の僧・道登《どうと》によって架けられたといわれる。その後、何度も洪水による流出や、戦乱による破壊を経ているが、架橋の位置はほぼ現在のものと変わっていないらしい。

宇治と宇治川、そして宇治橋は、日本の歴史が大きく動くとき、何度もその舞台に登場した。佐々木高綱と梶原景季《かじわらのかげすえ》の「宇治川の先陣争い」はあまりにも有名だ。

また、平安時代の文化・文学がこの地を背景に熟成したことも、見逃せない。十円銅貨の裏にある宇治平等院はその代表的なものだ。日本文学の四大古典ともいわれる『古事記』『万葉集』『源氏物語』『平家物語』のすべてに、その重要な場面に宇治が登場する。たとえば奈良は『源氏物語』には登場しないし、京都も『古事記』や『万葉集』にはほとんど関係がない。

紫式部は『源氏物語』の最後の十帖《じょう》を、宇治を舞台に描いた。〔浮舟〕の哀しい愛の物語は、『源氏物語』の終焉《しゅうえん》を飾るにふさわしい悲劇である。紫式部は『源氏物語』の想を石山寺で得たとされているが、石山寺のある大津市石山は瀬田川のほとり――宇治川の上流部分である。

浅見は、臨死体験や幽体離脱など、ありはしない――と否定し去ったが、本心を言うと、非科学的なものすべてを否定できるほどの自信はない。浅見自身、常識や科学では説明できない体験をしている。

宇治と網代が結びついたような今度の事件を追っていたら、「朝ぼらけ……」の歌の中に、宇治と網代の文字があることに気づいて、何か得体の知れないものの力を感じるのだった。

宇治にはユニチカの工場があるけれど、市庁舎や体育館、学校などのほかには、目立って大きなビルはない。宇治川を挟んで、瓦《かわら》屋根の家々がひとかたまりになって中心街を形成し、その外側の丘陵地に住宅団地が広がっている。

〔薫り木〕の店は、宇治橋を渡った辺りの一角――平等院にほど近い妙楽という町の中にあった。

宇治は何といっても「宇治茶」で有名だ。臨済宗の開祖・栄西《えいさい》が伝えた茶の種は、宇治の地で文字どおり開花した。以来、宇治といえばお茶、お茶といえば宇治――といわれるくらいにまで隆盛を極めた。現在も、生産量は静岡などに譲るものの、抹茶、玉露など上質の茶ではやはり宇治が最高とされる。

〔薫り木〕の周辺にも宇治茶を商う問屋や小売店が集まっていて、空気までが美味《うま》く感じられる。

本場宇治で宇治茶を喫するのは、むかしもいまも変わらぬ、高尚な遊びである。観光客向けばかりでなく、京都・大阪あたりから、習慣的に宇治に茶を楽しむために来る人も多い。

〔薫り木〕の菓子は、そういう土壌と、上質な茶人たちによって求められ、育てられ、高められてきたのだろう。

店の佇《たたず》まいは、茶人好みの素朴さと、禅味を思わせる奥行きの深さがある。茶室を訪れるときのように、ふと身をかがめて軒を入りたくなる。

客が二組、店先のショーウィンドーを覗《のぞ》いて、若い女性の店員を相手に品定めをしている。

ショーウィンドーは、ミニチュアの畳を敷いた上に、秋の草花を配して、菓子をディスプレイしてある。一つ一つの菓子には、それぞれ秋らしい名前がつけてあった。

「白露」「初萩」「かりがね」「花野」「八重葎《やえむぐら》」「重陽」「十三夜」、そして「浮舟」……。

浅見が（はっ——）として、一恵の注意を促そうとしたとき、「おいでやす」と、店の男が遠慮がちに声をかけてきた。

近寄ってきた男は、客に笑いかけて、「あ、一恵さん」と驚いた。三十代後半か四十代はじめ——と思える色白のハンサムだ。渋い格子縞《じま》の和服に前垂れをかけている。

「こんにちは、その節は遠くまでお運びくださって、ありがとうございました」

一恵は挨拶《あいさつ》して、浅見に、「叔父の春田幸信《ゆきのぶ》さんです」と紹介した。浅見が彼女から事前に聞いた予備知識によれば、幸信は華江のいちばん下の弟のはずである。

一恵は、浅見のことを「和菓子の取材をしているルポライター」と紹介した。

「こちらにお礼に伺うとお話ししたら、ぜひ紹介して欲しいとおっしゃるもので……」

「そうですか、お役に立てますかどうか……けど、一恵さん、あんたわざわざお礼に来んでもよかったのに。あれからも、長いことたいへんやったそうやないですか。もう落ち着きましたんか？」

春田幸信は一恵を慰めた。一恵がショックで、長い入院生活を送っていたことを言っている。

「ええ、お蔭《かげ》さまで……まだつらいこともありますけど、でも、いつまでも負けてはいられませんから」

一恵は笑顔を見せて、「会社もクビになってしまいます」と言った。

「ま、とにかくお入りなさい」

幸信は土間伝いに奥へ向かい、暖簾《のれん》をくぐったところから廊下に上がった。店の奥には菓子を作る仕事場があるのか、甘い香りが濃厚に漂っていた。

間口はさほどでもないが、とにかく奥が深い。店や廊下で出会った従業員は一様に、丁寧なお辞儀を送って寄越した。

廊下は突き当たって右へ曲がってゆく。その突き当たりの左手にある板戸を引き開けると、十畳の座敷で、板戸の裏側は山水を描いた襖《ふすま》になっている。座敷は中庭に面していて、濡《ぬ》れ縁の向こうはよく手入れされた植え込みである。どこかに鹿《しし》おどしがあるらしく、カーンと乾いた音がひびいた。

春田幸信はいったん引っ込んで、すぐに戻ってきた。追い掛けるように、女性がお茶を運んできた。幸信の夫人ではなく、若い従業員らしかった。

「親父が一恵さんに会いたい言うてるけど、すぐに行きますか？」

幸信が訊《き》いた。

「はい、ぜひ。それじゃ、浅見さんにはしばらく、ここで待っていていただいて、みなさんにご挨拶してきます」

一恵は幸信に伴われて部屋を出た。

二人がいないあいだ、浅見はお茶を飲み、庭を眺めた。遠くで人の話し声や、動く気配がするけれど、座敷は真空地帯のような静謐《せいひつ》に支配されている。その静謐を、二十秒ほどの間隔で、鹿おどしの音が打ち割った。

ほんの十分か十五分か——一恵たちが戻ってくるころまでには、浅見の頭の中で、事件の筋書きの、不明瞭《めいりょう》だった部分が少しずつ、ジグソーパズルのピースを埋め込むように、形を成してきた。

3

一恵は泣いてきたらしい。「お待たせしました」と俯《うつむ》けた顔に、涙を拭《ぬぐ》った痕《あと》が残っていた。

「祖父は、体の具合が悪くて、お葬式に来られなかったんです。それで、私ははじめて会ったのですけど、びっくりした目で私をみつめて、華江にそっくりだって、泣きだすんですもの……」

また新しい涙を催した。

思わず貰《もら》い泣きをしそうだったが、浅見は努めて平静を装って、言った。

「お祖父《じい》さんにお会いできますかね？」

「ええ、たぶん大丈夫だと思います。お菓子の話を聞きたい人が来ているって言ったら、そうかって頷《うなず》いて、べつに嫌だとは言いませんでしたから」

遅れてきた幸信も同様のことを言った。

「それじゃ、これから親父のところへ行きましょうか？」

「あ、その前に、ちょっとお訊きしたいのですが」

浅見は中腰になった幸信を引き止めて、言った。

「お店のショーウィンドーに『浮舟』というお菓子がありましたね？」

「はあ、ありますけど」

幸信が答える脇で、一恵は驚いて、大きく見開いた目を浅見に向けた。やはり一恵はそのことに気づいてはいなかったらしい。

「ああいうお菓子の名前は、こちらの〔薫り木〕さんのオリジナルなのですか？」

「オリジナルのものもありますし、ずっとむかしから、一般的に菓子の名前として使われておる名前もあります」

「オリジナルな名前は、もちろん商標登録するわけですね。その数はどのくらいあるものですか？」

「ほう……」

幸信の表情に、驚きと同時に、翳《かげ》りのような気配が横切るのが分かった。

「およそ五十近く登録してありますが……しかし、妙ですねえ、まったく同じようなことを、三月ばかり前に、電話である人物に訊かれましたよ」

「えっ、やっぱりそうでしたか……」

浅見は体が震えるような興奮と緊張を覚えた。一恵は不思議そうに、そういう浅見を見つめている。

「それで、そのとき、あなたは、登録してある名前のすべてを、その方に教えて差し上げたのではありませんか？」

「はあ、たしかにおっしゃるとおり、教えました」

「その中に『浮舟』もあったのですね？」

「ありました」

ごく静かな話しあいなのに、まるで真剣で切り結んでいるような、緊迫した雰囲気が二人のあいだにあった。

「浅見さん」と、一恵がたまらずに言った。

「それはどういうことなんですか？『浮舟』があったとか……その電話、誰からのものだったんですか？」

浅見と叔父と、両方に交互に顔を向けて訊いた。

「その質問をされたのは、あなたのお母さんだったのですよ……いかがですか、そうじゃありませんか？」

浅見に訊かれて、幸信は不思議そうな顔で答えた。

「そのとおりです。なぜ浅見さんがご存じなのかは知りませんが、姉が電話で問い合わせてまいりました。いま浅見さんが言われたとおり、〔薫り木〕の菓子の名を教えてほしいというて。私は書類を見ながら答えたのですが、何しろ、五十からの商品名を言うのですからね、並べたてるだけで、けっこう疲れましたよ」

「そして……」と、浅見は感動で少し声を震わせた。

「華江さんは最後に、こうおっしゃったのではありませんか？　『よかった』と」

「えっ……」

幸信はひきつったような顔をした。

「どうして知ってはるのです？　浅見さんはそこにおられたのですか？」

「いえ、そうではありませんが、きっとそうおっしゃっただろうと思ったのです」

「そのとおりです。姉は『よかった』と言いました。実際にはもっといろいろ言うたと思いますが、要するに、よかった——ということですな。そしてありがとうと言って……それが姉の声を聞いた最後になりました」

「それは、あの事件があった二日前のことですか？」

「そう、二日前か……いや、三日前でしたかなあ。ちょっとはっきり思い出せませんが。とにかく、少し前でした」

「浅見さん！」

一恵がまた、悲鳴のように言った。

「どういうことなのか、説明してくれませんか」

「あのテーブルの上にあったメモの『浮舟』の文字が、どういう意味を持っているのか、それが分かったのですよ」

浅見は自分の興奮をも鎮めるように、抑えた口調で言った。

「お母さんは叔父《おじ》さんに電話をかけて、現在〔薫り木〕が商標登録しているお菓子の名前を確かめられたのです。そして、その中で唯一、『浮舟』だけをメモに残された。つまり、『浮舟』だけがお母さんにとっては問題であって、それ以外の名前については、関心がなかったということなのです」

叔父と姪《めい》は顔を見合わせた。たがいに、相手が浅見の話の意味を理解していることに期待したのだが、それぞれ期待を裏切られて、ふたたび視線を浅見の顔に戻した。

「分かりませんなあ。浅見さんはどういうことを言われてはるのです？」

幸信は眉根《まゆね》を寄せて言った。

「お菓子は……いや、お菓子に限ったことではありませんが」と浅見はさらにゆっくりした口調で言った。

「あらゆる商品にとって、ネーミングは最大の宣伝力です。そんなことは、いまさら言うまでもないことですが、しかし、キャラメルやチョコレート、ガム、スナック菓子といった、均質で大量生産・大量販売が可能な商品と異なり、和菓子の世界では、その思想を導入するのが、かなり遅れていたのではないかと思います。それは、和菓子が主として店頭での対面販売であるために、ネーミングの効果がさほどに働かないためなのです。ことにお茶の席に出すような高級菓子は、稀少性《きしょう》が値打ちですから、むやみやたらに宣伝するような軽薄なものであっては、かえって逆効果に働きます。そうではありませんか？」

「う—ん、たしかにおっしゃるとおりですなあ」

幸信は大きく頷いた。

「うちでお作りする菓子も、単品では日にせいぜい百個どまりがいいところでして、大々的に宣伝するわけにはいきません。広告といえば、まあ、店の名前を出すくらいのものですやろな」

「熱海の〔芳華堂〕さん——一恵さんのお父さんも、きっとそのことで悩み苦しんでおられたのだと思います。いくら理想的な京風和菓子を作っても、思ったようには売れてくれない。かといって、大きな宣伝をする力もないし、かりに宣伝したとしても、それで売れるとは考えられない。悩みに悩んで、そこから思いついたのが、おそらくネーミングだったのですよ」

「しかし、ネーミングといっても、いま言うたように、限界がありますが」

「そう、単品個々では、どんなに優れたネーミングでも、思ったように作用せず、力も発揮しません。しかし、個々のネーミングの上に、さらに大きく、いわばマクロ的に、その力を結集するようなネーミングがあれば、その相乗効果で、予想できないほどの力を与えることが可能かもしれません」

「なるほど……理論的には、たしかにそうでしょうが、しかし、そんなすばらしいネーミングがあるものですかなあ？」

「ええ、あったのだと思います。いや、間違いなく、それを発見したのですよ。あなたのお母さんがね」

浅見は一恵に優しい目を向けて、言った。

「えっ、母が、ですか？　母が何を発見したんですか？」

「だから、あれですよ『紫式部に乾杯』とおっしゃったでしょう」

「………」

「お父さんとお母さんは、そのとき、心をこめて、すばらしいネーミングを与えてくれた紫式部に感謝したのです」

「何なのですか、それは？　どういう名前を考えたのですか？」

一恵に代わって、幸信が少し焦《じ》れたように聞いた。

「源氏物語です。オリジナル商品全体のシリーズ名が『源氏物語』、そして、個々のお菓子には、源氏物語五十四帖《じょう》から拾い出して、名前をつけるつもりだったのですよ。たとえば『夕顔』『空蟬《うつせみ》』『末摘花《すえつむはな》』『花散里《はなちるさと》』『蜻蛉《かげろう》』……」

「きれい！……」

一恵は嘆声を発した。

「ね、きれいでしょう。名前を聞いただけでも、欲しくなる。次から次へと、源氏物語全巻をそろえたいのと、同じ気持ちです。しかし、もし〈薫り木〉さんですでに使われているものがあるといけないと思って、華江さんはこちらに問い合わせたのです。そうしたら、案の定、『浮舟』がすでに使用されていた。宇治のお菓子なのですから、そういう名前があって、当然かもしれませんがね。しかし、それ以外は使われていなかった。それを知ったときの、お二人の喜びは、想像に難くありません」

浅見が語り終えても、しばらくは一恵も幸信も黙って、それぞれの感懐に耽《ふけ》っていた。

「なるほど、源氏物語ですか……」

幸信は吐息とともに言って、もういちど「なるほど……」と頷《うなず》いた。

「いかがですか、すばらしいネーミングだとは思いませんか？」

「たしかに、いいアイデアですなあ。いや、個々の品名は誰でも考えつきますが、それ全体を『源氏物語』という名前でくくって、シリーズ化するというのが、じつにすばらしいと思います。しかし浅見さん、それは事実なのですか？　姉はひと言もそんなことは話しませんでしたが？」

「華江さんが話さなかったのは、そのアイデアを秘密にしておきたかったからではないでしょうか。何といっても、〔薫り木〕さんはもっとも強力な商売がたきですからね」

「商売がたき……ですか」

幸信は悲しそうに、少し頬をゆがめた。

「とはいっても、いま話したことが事実かどうか、正直なところは分かりません。僕の想像だけで、はっきりした根拠があるわけではないのですから。ただ、僅《わず》かに、『浮舟』と書いたメモと、『紫式部に乾杯』という言葉、それに、華江さんがあなたに問い合わせたという、この三つの要素だけが根拠と言えるものです。しかし、それだけでも、十分、僕は自分の仮説が正しいと信じています」

「ええ、きっと浅見さんのおっしゃるとおりだと思います」

一恵がはずんだ声で言った。

「うん、私もそう思いますなあ」

幸信も同調した。

「そういうことやったら、曾宮さんも姉も、さぞかし嬉《うれ》しかったことですやろなあ」

「でも、父と母は、そのアイデアを活《い》かせないまま亡くなってしまったんです」

「そうや、それはほんま、さぞかし残念やったろうねえ」

二人の嘆きに水を注《さ》すように、浅見は「ところで」と言った。

「三つの要素以外に根拠はないと言いましたが、じつは、ほかにもう一つ、有力な根拠があるのです」

「えっ、ほんとですか？」

一恵は目を瞠《みは》った。

「ええ、あるのですよ。『源氏物語』という商標と、個々の商品名を書き並べたものがあるのです」

「えーっ、そんなものがあったんですか？　だったら、仮説なんかじゃなくて、ほんとの事実じゃないですか……えっ？　だけど変だわ、警察はそんなものがあるなんて、何も言ってませんでしたけど？」

「それは現場にはなかったからです」

「えっ？　なかったって……それじゃ、浅見さんはどこで見たんですか？」

「いや、僕だって見ていませんよ。どこにもなかったんですから」

「えっ？　えっ？　どういうこと？……」

一恵は錯乱したように、眼をキョトキョトさせて、浅見に迫った。いったいこの人は、何を言っているのだろう？——と、ほとんど不信感を露《あらわ》にした目つきであった。

その目に向けて、浅見はさらにゆったりと答えた。

「曾宮さんご夫妻が『源氏物語』のシリーズを考え出した——という点については、お二人とも納得されましたね」

「……………」

二人は黙って、深く頷いた。

「だったら、当然、そのシリーズ商品名を書いたものが、あのお宅にあるはずですね」

「……………」

「ところが、そんなものは、どこを探してもなかったのです。あるべきものが、なかった——そのことが、逆説的に、それがあったという根拠になっているのです。そうは思いませんか？」

二人の聴き手は顔を見合わせただけで、今度は頷かなかった。

「一恵さんは、犯人の後ろ姿を見たと言ったでしょう。そのとき、おそらく犯人は、書類の入ったケースの、引き出しを開けていたのですよ。もちろん、狙いは商標登録を予定して書き出しておいた、『源氏物語』シリーズの商品名です」

「えっ、それじゃ犯人は曾宮さんと姉を殺害して、そのアイデアを盗んだのですか？」

幸信が恐ろしげに頬を引きつらせて、言った。

「まず間違いないと思います。したがって犯人は菓子製造業関係の人物である可能性が強いでしょうね」

「あっ……」

一恵は洩《も》れかけた言葉を抑え込むように、右手を唇に押し当てた。

「思い出しましたか？」

浅見は目敏く言った。

「えっ？……」

「幽体離脱のときに見た犯人が誰であったのか、思い出したんじゃないのですか？」

「いいえ、嘘ですよ、そんなこと……」

一恵は肩を震わせて、否定した。

その様子をしばらく見つめてから、浅見は幸信に「それじゃ、お父さんに会わせてください」と言って立ち上がった。

足が痺《しび》れて、少しよろけた。

4

「ちょっと待ってください」

幸信が言って、浅見を制した。浅見は中腰の、中途半端な恰好《かっこう》で、幸信の言葉の先を待った。

「いまのことですが、一恵が犯人の後ろ姿を見たっていう……それはどういう意味なのです？ 姉と曾宮さんは自殺したと聞いておったのですが。そしたら、一恵さん、あんたが言うとった、あの臨死体験とかいう、あの話のとおりやった、いうことか？」

「…………」

幸信の口調には、詰《なじ》るようなニュアンスが込められている。一恵は困惑して、救いを求める目を浅見に向けた。

「いや、まだそうと決まったわけじゃないんです。僕が勝手に信じているだけで、警察は自殺と断定したまま、捜査をとっくに終えてしまいましたよ」

「それやったら、やっぱり自殺いうことではありませんのか。あの事件のことは、一恵の前やけど、こちらでも評判になりまして、世間さまではいろいろ言う方もおったのです。かわいい長女の嫁入り先が難儀しとるぃぅのに、〔薫り木〕は面倒も見てやらんかったのか――とですな。いや、世間体のことばかりやありません。父親は、事件の連絡を受けたときから、体の具合がおかしゅうなって、葬式にも出られんかったのです。これでまた、事件のことが再燃して、テレビやら新聞やらが騒ぎ立てたら、正直いうて、かないまへんなあ。親父かて、どうなることか分かったものではありません」

「なるほど、そのお気持ちはよく分かります。しかし、それではお訊《き》きしますが、あなたはさっき、曾宮さんご夫妻が、『源氏物語』のアイデアがありながら、活かせないまま亡くなったことを、さぞかし残念だったろうと言われましたね。そのとおりだと思います。それは逆に言えば、そのアイデアがありながら、みすみす自殺なんかしてしまうはずがないということでしょう？」

「うーん……」

「それに、〔薫り木〕さんの不名誉は、曾宮さんご夫妻の死が自殺だったために、あれこれ言われるのではありませんか」

「それはまあ、確かにおっしゃるとおりですが……」

幸信はまだ渋って、立ち上がろうとはしなかった。

浅見は苦笑した。

「ご心配なさらなくても大丈夫ですよ。僕は一恵さんのお祖父《じい》さんにお目にかかっても、今度の事件の話を持ち出す気はありません。お約束します」

「本当ですか？」

「ええ、本当です」

「そうですか……いや、もともと、最初は菓子のことで話をお聞きになるいうことやったのですからな。分かりました、浅見さんを信用しましょう。それでは、どうぞ」

幸信は先に立って、浅見——一恵の順で後につづいた。

春田雅之は奥まった座敷に低いベッドを置き、そこにふせっていた。ベッドは背中の部分が斜めに起き上がるようになっているもので、雅之は浅見たちを迎え、四十五度あたりまで傾けて、大儀そうに笑った。

「何ぞ、お菓子のことでお聞きになりたいのやそうどすな。こんな恰好で申し訳ないが、お医者先生がうるそう言わはるさかい。どうぞ堪忍してやってください」

やわらかな京ことばで言った。

「きょうは、京菓子の神髄といいますか、秘密といいますか、極意といいますか、そういったことについてお話ししていただければと思って参りました」

浅見はマイクロ・テープレコーダーをセットして、インタビューを始めた。

「京菓子は、ひとくちに言うたら、京都千二百年の歴史と一緒に育《はぐく》まれてきたものどすな。その点がよその地にはみられへんことどす」

春田雅之は、浅見の問いかけを待つまでもなく、つぎつぎに要領よく語ってくれた。

京都には長いあいだ禁裏があり、神社仏閣の中心の地でもあり、また茶道発祥の地でもある。そういう土壌があるからこそ、すぐれた菓子が作られ発展してきた。

さらに加えて、近江《おうみ》の米、丹波の小豆に代表されるような菓子の材料の宝庫が周辺にあったこと、また、和三盆などの地方の物産も、当然のように都に集まってきたという、材料面での好条件が京都には備わっていた。

京都で生まれた菓子が、いったん地方へ出て、形を変えてもどってきたものも少なくない。京都の内はもちろん、地方との交流の中でもたがいに磨きをかけ、ますます洗練されてきたのが、京菓子といえる。

おしなべて、京都の文化の特徴は、美意識の昇華にあるといえる。素朴さからの脱皮を繰り返してきて、ふと気がついたら、あらゆる虚飾の殻を捨て、ふたたび素朴さにかえっていた――それが京都のもっとも京都らしい文化であり、茶道の極意や禅味にも通じるものであった。

春田雅之は菓子づくりの道を通して、京都の文化についても、知らず知らずのうちに語っていた。

浅見はさすがだ――と感心した。さすが十九代つづいた〔薫り木〕の先代主である。

堪能《たんのう》しながらテープのスイッチを切り、心の底から礼を述べた。

「こんなものでよろしゅおすか？」

雅之は病気を感じさせせない笑顔で、言った。まだ語り尽くせない沢山のものがある――と言いたげであった。

「はあ、十分お聞かせいただきました。お菓子づくりの技術的なことについては、こちらの幸信さんにお尋ねすることにします」

浅見はかたちを改めて、胸のポケットから四つ折りにした紙片を取り出した。

「これにご記憶はありませんか？」

紙片を広げながら、雅之に差し出した。幸信も一恵も止める間のない、ごく自然な動作であった。

「ん？」と、雅之は紙片を受け取り、傍らの眼鏡をかけた。

「おお、これは……」

驚きの声を洩らした。

「あっ、それ、父の遺書……」

一恵がかすかな悲鳴を上げた。

「そうや、これは曾宮――おまえの父親の書いた遺書や」

雅之は言って、不思議そうに孫娘を見つめた。

「一恵はどうしてこの遺書のことを知っとったんや？」

「えっ、お祖父さんこそ、どうしてご存じなんですか？　叔父《おじ》さんたちがご覧にいれたんですか？」

幸信を振り返って、訊いた。

「いいや、私らは誰も知りまへん」

幸信は当惑したように首を振った。

「そう、ですよねえ……」

一恵もすぐに納得した。考えてみれば、「遺書」は事件直後から警察の管理下に置かれたのだから、京都の人々の手に渡ることはあり得なかったのだ。

「浅見さんはどうしてそれを？」

一恵は詰問を浅見にぶつけた。

「その遺書はコピーです」と、浅見は静かに答えた。

「昨日、警察に行って、コピーを取ってもらってきたのです。ここにもう一枚ありますが」

胸のポケットからもう一枚の「遺書」を取り出して、広げ、声を出して読んだ。

「ご期待を裏切って申し訳ありませんでした。死をもってお詫《わ》びいたします――曾宮健夫」

雅之は目を閉じて、その浅見の声を聞いていた。唇はわずかに緩んで、口元には微笑さえも感じられる。どことなく、遠い過去に想いを馳《は》せているようにも見えた。

「この『遺書』は二十三年前――あなたが生まれる前に書かれたものなのですよ」

浅見は一恵に言った。

「えっ、二十三年前？……」

「そうです、あなたのお父さんが〔薫り木〕をあとにするとき、お祖父さんに残して行かれたものです」

「ほんとなんですか？　お祖父さん」

一恵は食い入るような目で、祖父の顔を見つめた。

「ああ、ほんとうのことや」

雅之は悲しそうに首を振り、やがて茫洋《ぼうよう》とした目を天井の一角に止めて、言った。

「浅見さんには関係のないことで、うちの恥をお話しするようなものどすが、華江の母親は、この幸信を産んで間もなく亡くなりましてな。それもあって、わしは華江を溺愛《できあい》しましたのや。華江はこの子にそっくり、きれいな娘でおました。愚かなことやが、わしは妹の月江のことはあまり構わんと、華江ばっかし可愛がりましてなあ……あれにしてみれば、それがかえって、うっとうしいことやったのかもしれん。わしにいつか反逆しようと、ひそかに思うとったのかもしれんのどす。そうして、曾宮みたいなやつと……」

雅之はすぐに気づいて、「あ、一恵、気を悪うせんといてや」と謝った。

「いまは違うけど、そのころは、わしはほんまにそう思うとったんや。華江のあほが、ほかに結構な縁談がなんぼでもあるのに、わしに逆らいよって、曾宮と仲ようなってしもうてから……わしは華江を奪った曾宮が、殺してしまいたいほど、憎らしゅうてならんかった。二人のことは絶対に、何が何でも許さへん。恩を仇《あだ》で返すようなやつは、この店に置いておくわけにいかん……言うて」

言葉のはげしさと裏腹に、雅之の表情は他人事《ひとごと》を話しているように穏やかだった。

「そうして、曾宮はわしに手紙を残して出て行きおった。あの日、曾宮はほんまに死ぬ気でおったのやろな。曾宮一人が悪いわけやない。むしろ、華江のわがままがそうなった原因やろけど、結果として、主人を裏切ることになってしもうたことを、曾宮は情けのう思うたにちがいない。これを見たとき、わしは負けた、思うた。それで、おまえの母親――華江を呼んで、この遺書を渡して、どないとするがええ。そやけど、ここを出たら、二度と敷居をまたぐことは許さんと言うたんや。華江は一散に走って行きおった。それから、約束どおり、二度と戻らへんことになった。あほなもんや……」

雅之はその「あほ」を自分に向けて言ったのかもしれない。

「そうだったの……そんなことがあったの……」

一恵は全身の力が抜けたように、ポツリと呟《つぶや》いた。それから、ふと思いついて、

「じゃあ、そのとき、宇治橋のところで……」と、背を伸ばし、遠くを見る目になった。


一恵の脳裏には、父親が語ったという、宇治橋での劇的なシーンが蘇《よみがえ》ったのだろう。甘ったるい、ロマンチックな思い出ばなしのように語られたけれど、宇治川の流れを見下ろしていたという曾宮健夫の胸には、死の決意があったのだ。

雅之はそういう一恵に、優しく言った。

「一恵、いまやから言うが、そんときにはもう、華江のおなかには、おまえが宿っておったんやで」

「えっ……」

一恵は一瞬、頰を染め、じきに白い顔になった。

二十三年前のその日、宇治橋の上で、父と母と、そして芽生えたばかりの魂が、ひっそりと寄り添って、宇治川のせせらぎを聞いていた──。

「警察は……」と、浅見は、感傷の淵《ふち》に溺《おぼ》れかけた人びとを救うように、言った。

「曾宮さんご夫妻の死を、この遺書を根拠にして、自殺と断定したのです。しかし、こうして遺書の真相が分かった以上、あれは自殺なんかではないことがはっきりしま

した。警察はあらためて捜査を開始することになるでしょう」

「浅見さん、あんた……」

春田雅之は驚きの目を向けた。

「あんた、どういうお人ですか？」

「はあ、僕はフリーのルポライターです」

「………」

雅之はじっと浅見の目を見つめた。浅見も雅之の目を見返した。年老いた者のやる瀬ない想いが、若者の胸に託された。

＊

雅之の部屋を出て、客間に戻ったときには、すでに暮色が漂っていた。庭の木の梢《こずえ》を、夕風がそよがせている。

「父も言うておりましたが、ほんま、一恵のことはよろしゅうお願いします」

幸信は丁寧に頭を下げた。

「いや、僕なんか何もできません。できることといったら、警察にほんの少し知恵を出すぐらいなものです」

「なんのなんの、ちょっとどころやない思います。警察がちっとも気づかなんだことを、ちゃんと見抜いておられる眼力には、親父も敬服しとりました。なにぶんよろしゅうお願いします」

「はあ……それより、あなたにぜひやっていただきたいことがあるのですが」

「何でしょう？」

「例の『源氏物語』ですが、おそらくすでに商標登録の申請が出されているはずです。あれから三ヵ月ですから、まだ審査中だと思いますが、その書類が提出されているかどうかだけでも、調べていただけませんか」

「分かりました、うちの弁理士の先生に頼めば、何とかやってくれはるでしょう。明日にでも早速お願いしてみます」

幸信は請け負って、

「ところで、きょうはうちに泊まっていただけるのでしょうな？」

「いえ、僕は京都のホテルに宿を取ってありますから」

浅見は嘘を言った。幸信は残念がったが、無理に引き止めはしなかった。

「明日、迎えにきてくださるのでしょう？」

店先まで送って出て、一恵は心配そうに訊《き》いた。

「えっ、もちろんですよ、まさかこのまま、平等院も見ないで帰ると思ったわけじゃないでしょうね」

「ほんとですか？　よかった。じゃあ、明日は平等院を見物しましょう」

夕闇の中で、少女のようにはしゃいでみせた。

ラッシュアワーのせいなのか、京都のビジネスホテルに落ち着くまで、一時間以上もかかった。こんなことなら「京都」などと嘘をつかずに、せめて宇治で宿を見つければよかった。

さすがに疲れていたが、浅見は自宅と熱海署に電話した。

須美子は「今夜もお泊まりですか？」と、不満そうな声を出したが、『旅と歴史』の藤田《ふじた》編集長から何やら電話があったほかは、べつにわが家のほうには問題はないらしい。藤田の電話はどうせ催促に決まっている。催促するしか能のない男なのだ。

熱海署の川口警部補は留守であった。「どちらさんですか？　何か用ですか？」と、警察の応対はいつもながら無愛想だ。

「浅見から電話があったとだけ、お伝えください」

それだけ言って電話を切った。例の曾宮の遺書が二十三年前のものであり、したがって自殺や心中の線は崩れた――と、早く教えてやりたかったが、一刻を争うほどのことでもない。

バスを使うと、いっきに睡魔が襲ってきた。明日は宇治平等院の見物か――いい夢を見られそうだ。

第五章　予期せぬ殺人

1

朝、チェックアウト寸前に、浅見は自宅に電話を入れた。後で考えると「虫の知らせ」というやつかもしれない。

「坊ちゃま、どこにいるんですか！」

須美子にいきなり怒鳴られた。

「京都ホテルにお泊まりだっておっしゃるから、電話したら、そんな人は泊まっていないって……」

「ああ、そりゃだめだよ。京都ホテルのベッドは柔らかすぎて、僕には合わない」

浅見は笑った。

「ここは『京都』と『ホテル』のあいだに『ビジネス』が入るんだ。つまり、京都ビジネスホテル。そう言わなかったっけ？」

「言ってませんよ、絶対に」

「そうだったかなあ……」

浅見は自信がなかった。べつに見栄を張って、意図的に「ビジネス」を省いたわけではなかったと思うが、何しろ眠くてもうろうとしていたのだ。

「それで、何か急用だったの？」

「けさ早くに、熱海警察署の川口警部補という方からお電話がありました」

「あ、須美ちゃん、その、警察だとか警部補だとかいうの、あまり大きな声で言わないでくれないかな」

「大丈夫ですよ。いまは、大奥様はじめ、みなさんお出かけですから」

「あ、そう、それならいいけど」

浅見は冷汗を拭《ぬぐ》って、電話を切った。

もう一度受話器を握り直して、熱海署にかけてみたが、川口警部補はやはり留守だった。朝っぱらから川口が電話してきたことが気にはなったが、こればっかりはどうしようもない。

宇治には十一時に着いた。〔薫り木〕の駐車場に車を置かせてもらって、一恵と二人、平等院へ行った。拝観料を払って庭園に入ると、すぐに池を巡って、正面から鳳《ほう》凰《おう》堂に対峙《たいじ》する岸辺に佇《たたず》んだ。十円硬貨の裏の模様が目の前に建っているのは、不思議な眺めであった。

「写真で見るのより、何だか小さく感じませんか？」

一恵は言ったが、浅見も同感だった。周囲が開放的すぎるせいかもしれない。しかし、それにしても、鳳凰が翼を広げたような、シンメトリックな建物は美しかった。前面に配した池がその姿をそっくり映して、上下左右が二重構造のような効果を示すのも、計算されている。

この豪壮な鳳凰堂が、もともとは藤原家の別荘であって、しかもこの建物はそのごく一部にすぎなかったというのだから、平安貴族というのは、さぞかし搾取に専念したことだろう。

「昨日、聞きそこなっちゃいましたが」と、浅見はぼんやり池の面を見るふりを装いながら、言った。

「幽体離脱のとき、あなたが見た犯人が誰だったのか、たしかに、何かを思い出しましたね？」

「いいえ、そんなこと、何も思い出したりしてませんよ」

「いや、それは違うな」

浅見は一恵に視線を振り向けて、断定的に言った。

「僕が、犯人は菓子製造業関係の人物だ――と言った瞬間、あなたはたしかに、何かを思い出した。おそらくそれは、犯人の後ろ姿に見憶えがあったからだと思ったのですが、違いますか？」

「違いますよ、そんなこと」

一恵は浅見のまつわりつく視線を外して、そっぽを向いた。

「そうですね、あなたには、その人の名前は言えないかもしれない。それじゃ、僕の口からはっきり言いましょうか」

「やめて、やめてください！」

一恵は悲鳴を上げて、猛烈なスピードで歩きだした。

「分かりましたよ、言いません」

浅見は追いつきながら、言った。

「しかし、僕が言わなくても、いずれ分かることですよ。それも、たぶん、きょうか明日には」

「ええ、それは仕方のないことです。でも、いまはいや。それに、そんなことは、私にはもちろん言えないし、浅見さんの口からも聞きたくないんです」

無駄で愚かな抵抗かもしれないが、一恵の気持ちも理解できないわけではなかった。浅見は沈黙した。

鳳凰堂に入ると、何人かの客をまとめて、中年の女性が解説をしてくれる。ここの本尊である阿弥陀如来《あみだにょらい》像は国宝で、光背に刻まれた五十二体の菩薩《ぼさつ》像や、堂の天井の精緻《せいち》な彫刻を施した天蓋《てんがい》もみごとなものだ。

解説が終わると、二人は広縁に腰を下ろして、しばらくのあいだ、白砂の庭とその向こうに広がる池を眺めた。

白砂を敷き詰めた庭に、作務衣《さむえ》姿のお坊さんが出て、噴霧器で、何やら消毒液のようなものを、地面のあちこちにかけている。背中を丸め、砂地を子細に見つめながら、シュッとひと吹きしては、また歩く。

「何をしているのですか？　アリを殺しているのですか？」

すぐ目の前に来たとき、浅見は好奇心にかられて訊《き》いてみた。アリが国宝の建物を食い荒らすのを防ぐのかと思った。

「いや、雑草取りです。除草剤を撒《ま》いておるのです」

お坊さんは素っ気なく答えた。

（ああ、そうなのか――）と思った。アリでなくてよかった。坊さんが殺生をするなんていうのは、あまり嬉《うれ》しくない。

平等院を出るころは、すでに昼食時間を過ぎていた。二人は近くのうどん屋できつねうどんを食べた。

「こんなことでいいのかなあ、ずいぶんのんびりしちゃった。何となく、思いがけないボーナスを貰《もら》ったような気分です」

浅見はこの幸福感を、多少、後ろめたく思いながら、本音を言った。

「私も……」

一恵は言い、寂しそうにつづけた。

「でも、この平穏がじきに壊れそうな気がして、とても怖い……」

「そんなことはない。これから先は、あなたには輝ける日々が約束されているはずですよ。テレビのアナウンサーだなんて、羨《うらや》ましいような職業だなあ。じつは、僕もかつて、アナウンサーになりたくて、オーディションを受けたことがあるんです」

「へえー、そうなんですか。で、どうだったんですか？」

「決まってるじゃないですか、もちろん、落ちましたよ。もっとも、僕の落ちたのはそこだけじゃなくて、新聞社も出版社も商社も、一流どころか、二流のところもすべて落ちましたけどね」

「ほんとですか？　どうしてですか？」

「どうしてって……ひどい残酷な質問をしますねえ。女は非論理的な上に残酷で、おまけに強欲ときてる」

「あら、違いますよ。私は浅見さんみたいなすばらしい人が、どうしてって、そう言ったんです」

「ほんとですか？　そいつは嬉しいなあ。あなたみたいに非論理的な人間ばかりが審査員だったら、僕の人生はだいぶ変わっていたでしょうね」

浅見が真面目くさって言うので、一恵はおかしそうに笑った。

うどん屋からは、真っ直ぐ〔薫り木〕へ戻った。そろそろ出発しないと、網代着が深夜になってしまう。

春田幸信は店にいて、お客の応対をしていたが、浅見の顔を見ると、立ってきて、

「お待ちしとったところです」と囁《ささや》いた。

「ちょっと昨日の座敷で待っといてください、じきに参りますよって」

浅見と一恵は座敷に入った。

庭の植え込みを、初老の男が手入れしていた。地面に生えた雑草を、一本一本、丁寧に抜き取っている。

「あの、除草剤は使わないのですか？」

浅見が訊くと、ジロリと睨《にら》まれた。

「とんでもない、そんな、毒みたいなもん使いますかいな」

「どうしてですか？」

「どうしてって……」

男は呆《あき》れ返ったように、しばらくこっちを見ていたが、どうやら本当に呆れたらしく、そのまま向こうを向いて、ついに返事は聞けなかった。

「浅見さん」と、一恵が遠慮がちに言った。

「お菓子屋では、殺虫剤だとか消毒液だとかは使わないんです。うちだって、蚊取線香も使わなかったくらいです。毒性の問題はもちろんだけれど、臭いがいけないんです。お菓子のいのちは、ほのかな香りですからね。お菓子屋の人は、毒性の強いものなんて、見たり聞いたりするだけでジンマシンができるほどのアレルギーなんですよ」

「なるほど……」

浅見は感心した。いやしくも食べ物を扱う者であるなら、当然といえば当然の心配りだが、実際にそこまで気を遣っているところは、存外少ないのではないかと思った。レストランで床に防腐剤を塗って、平気な顔をしているところさえあった。

そんなことを思っているうちに、ふと浅見は、大きな間違いを犯しているような気がしてきた。

襖《ふすま》を開けて、幸信が入ってきた。一恵がいることで、ちょっとためらいを見せたが、すぐに決心をつけて、言った。

「昨日、浅見さんが言うてはった商標登録の件ですが、午前中に弁理士さんにお願いして、すぐ調べがついたのです」

「ほう、それは早いですねえ」

「それでですな、浅見さんが言うてはったとおり、『源氏物語』が出願されておりました。しかも、『浮舟』を除いた五十三帖《じょう》の巻名もです」

「やはりそうでしたか……それで、出願人の名前も分かったのですか？」

「もちろん分かりました。その名前は……一恵、驚いたらあかんよ」

幸信は一応、断っておいてから、思いきったように言った。

「若尾剛――さん、でした」

浅見はともかく、一恵もまた、ほとんどといっていいくらい、動揺を見せなかった。あまりにも二人の反応が鈍いので、幸信は何か間違ったことを言ったとでも思ったらしい。もう一度、力を込めて言い直した。

「若尾剛さん、〔瀬賀和〕の熱海店の店長さんの名前ですやろ？」

「ええ、分かりますよ。僕たちの予想していたとおりだったのです」

浅見が一恵の分まで代わって答えた。

「予想してはった？」

幸信は目を丸くした。

「これで、何もかもがクリアになると思います」

浅見は居住いを正して、言った。

「それでは、僕たちは失礼します。いろいろとお世話になりました」

「いや、お世話なんて……しかし、それでよろしいのですか？　一恵はこれからどうなりますのか？」

「私のことは心配しないでも大丈夫です」

一恵は、いっそ、これで吹っ切れた――というように、昂然《こうぜん》と背筋を反らせた。

「熱海に戻って、一段落ついたら、仙台へ帰ります」

「そうか。それがええな……そや、それでいいのや。事件はもう、あんたとは関係のないところで進むのやろしな。はよ、仕事に戻って、気張ったほうがよろしいわ」

幸信は叔父《おじ》らしく、一恵を励ました。

そのあと、昨日は留守だった、春田雅之の長男で、〔薫り木〕の第十九代である春田雅敏《まさとし》も挨拶《あいさつ》に出た。まだ五十歳にはなっていないそうだが、ふっくらとした温顔、みごとな銀髪、悠揚迫らない物腰など、いかにも老舗《しにせ》の頭領らしい風格があった。

「妹夫婦がああいうことになって、いまさら言うても遅いのですが、何もして上げんかったこと、悔やまれてなりません」

曾宮華江は雅敏にとってはすぐ下の妹である。幼いころから、美人の妹は彼の自慢でもあっただろう。華江を奪った曾宮に対して、無意識のうちに嫉妬《しっと》に似たものを抱いていたとしても、ふしぎはない。父親のきびしい制約があったとはいえ、兄弟たちまでが曾宮家の窮状を見て見ぬふりをしつづけたことは、未来永劫《えいごう》、彼らの胸に痛みを残すにちがいない。

〔薫り木〕の人々は総出でソアラを見送ってくれた。まるでハネムーンのドライブにでも出掛けるみたいで、浅見は大いに照れたが、対照的に、一恵は、宇治橋を渡るときには涙ぐんでいた。

トンネルの多い京滋バイパスを抜けて、名神高速に入ったところで、浅見はまた熱海署に電話してみた。今度は川口がいて、電話に出ると、いきなり、まるで喧嘩《けんか》腰に、大きな声で怒鳴った。

「浅見さん、待ってたのに、ずいぶん遅いじゃないですか」

「何を言ってるんですか。こっちも何度も電話しているのに、川口さんはいつも不在だったのですよ」

「そらしようがないでしょうが。刑事は飛び回るのが商売みたいなもんでしてね。おまけに、また新しい事件が勃発《ぼっぱつ》したんです」

「事件？　そりゃ、警察なんだから、事件があって当然でしょう」

「あんたねえ、そんな生易しい事件じゃないんですよ」

「ほう、というと、また殺人事件でも起きたのですか？」

「そう、〔芳華堂〕の隣の隣の酒屋ね、あそこのおやじが殺されたんです」

「えっ！……」

浅見は思わず、反射的に一恵の顔に視線を走らせた。

受話器の声が洩《も》れているわけではないが、気配で、何か不吉な予感に脅《おび》えたのだろう。浅見の視線に突き刺されたように、一恵は顔を歪《ゆが》めた。

2

沢田酒店の主人・沢田良雄が死体で発見されたのは、熱海市街地の南端を出はずれる魚見崎の沖、約二百メートルの海中である。魚見崎といっても分かりにくいが、自殺で有名な錦ヶ浦の沖――といえば、はっきりするかもしれない。

錦ヶ浦に寄せてくる波が砕けて、白い泡を立てながら引いてゆくこの付近は、漁場としても知られている。地形上、磯釣りには適さないが、乗合船や仕立て船が、岬の沖合に毎日のように入っている。

この朝、魚見崎沖に出ていた釣船の船頭が、波間に見えがくれする死体を発見、警察に届け出た。

死体のある辺りは隠れ岩が牙《きば》を剝《む》いているところで、漁船は近づかない。底の浅い警察のボートが接近、死体を収容した。

身元はすぐに判明した。沢田の家族から、主人の良雄が行方不明になっているので、もしや――と連絡してきたのである。沢田酒店は熱海警察署からも近く、刑事の中には、沢田酒店で酒を買う者も何人かいた。「そういえば、あのおやじだな」とすぐに気づいたというわけだ。

死因は解剖を待たなければはっきりしなかった。

錦ケ浦からの投身自殺はむかしからいまに到るまで、無数といっていいほどだが、ここでの自殺の特徴は、遺体が上がりにくいことと、遺体の傷みがはげしいことである。

相模湾全域で波静かな日でも、錦ケ浦だけは、どういうわけか波しぶきが立っている。太平洋の波という波が、すべてこの岬をめがけて寄せてくるような気さえする。

錦ケ浦の海岸線は、オーバーハング状に切り立った百メートルを超える断崖《だんがい》で、陸上からは下りることができない。かといって、前述したような隠れ岩と荒波のために、海上から接近することも、かなりの危険が伴う。自殺者があったことが分かっていても、遺体を収容することができずに、手をつかねているケースがほとんどだ。

流れ出した遺体の多くは、波に揉《も》まれ、岩礁に打ちつけられ、見るも無残に破壊されている。きれいに死にたければ、錦ケ浦はやめたほうがいい――とは、地元の人の話だ。

沢田良雄の遺体は、それほどひどくは傷んでいなかった。転落してから、そう長くない時間で、断崖下の磯から沖へと流れ出たものと推定された。

それでも、頭部や四肢など、露出した個所は傷だらけで、酒を買いに行って、沢田と顔馴染《なじ》みのはずの刑事が、人相を識別できなかったのも無理がない。

岩礁によってできた傷がほとんどだが、後頭部に、それとは別の種類の、おそらく鈍器様のもので強打したと思われる陥没骨折を伴う傷があった。どうやらそれが、直接の死因につながったものと考えられる。

死亡推定時刻は、死体が発見された前日の夜、九時から十二時ごろのあいだ――と推定された。

「八時半ごろでしたか、男の人から電話があって、出掛けて行きましたが……」

沢田夫人の加津子はそう言っている。

「電話は誰からでしたか？」

「若尾って言ったようですが」

「若尾？　知っている人ですか？」

「近所のお客さんに、若尾さんとおっしゃる方もいらっしゃいますけど、そうではないみたいでした」

念のために、その客に当たってみたが、当該時刻にはアリバイがあって、まったく関係のないことが分かった。しかし、その名前を聞いた時点で、川口警部補にはピンとくるものがあった。曾宮夫妻の「心中事件」の際、関係者として事情聴取をした相手の中に、若尾剛がいたのだ。

川口が部下を連れて〔瀬賀和〕熱海店に若尾を訪ねると、若尾はひと目、川口を見て顔色を変えた。たったそれだけのことで、川口の心証は「クロ」であった。

若尾は自ら店の外に出た。「お客様のご迷惑になりますので……」と言い訳をしていたが、刑事の訊問《じんもん》を、妻や店の人間に聞かれたくないというのが本音だろう。

〔瀬賀和〕熱海店の前は熱海市内では珍しく広い通りで、車の通行量ももっとも多い場所である。その街角での立ち話になった。

「あの、何か？……」

若尾は車の騒音にまぎれてしまいそうな小声で、不安そうに言った。

「若尾さんは、昨日の夜、どこにいましたか？」

「は？　昨日ですか？……」

若尾は怪訝《けげん》そうに問い返して、急に表情を和らげた。それまで重くのしかかっていたものが、いっぺんに取り払われた——という顔であった。

「昨日の晩でしたら、私は釣りに行ってましたよ。網代の防波堤で夜釣りをしてました」

「夜釣り？　何時から何時までです？」

「えーと、八時から十二時過ぎまででしたかねえ。もっとやっていたかったんですが、店の仕込みが朝早いもんで」

「一人で、ですか？」

「ええ、一人です」

「ほかに、誰か、そのことを証明してくれる人はいますか？」

「証明？　いや、いませんよ。そんな人。防波堤には釣り人が何人かいましたが、真っ暗ですからね、人の顔なんか見ちゃいません。ただ、女房が知ってますけどね。うちを出るとき、ブーブー言ってましたから……だけど刑事さん、いったい何事ですか？　昨日の夜、何かあったのですか？」

「ああ、じつはですね、ある人物が殺されましてね。あんたも知っていると思うが、曾宮さんのとこの二軒先の沢田酒店のおやじさんがね」

「えっ、ほんとですか？……まさか、それで私を？……冗談じゃないですよ。私はそんなおやじさんなんか、知りませんよ」

「知らないはずないでしょう。沢田さんは曾宮さんのとこの葬式にも出席しているし、お宅はあの店から酒を取り寄せたりしているんじゃありませんか？」

「えっ？　いや、そうかもしれませんが、個人的には話したこともありませんよ」

「ま、一応、署まで来て、詳しい話を聞かせてもらいましょうか」

川口はそのまま若尾を連行した。若尾も店の中で訊問されるよりは、そのほうがよさそうだった。

その一方で、川口の部下は若尾夫人の佐千子に事情聴取をしている。佐千子も若尾が八時過ぎに釣りに出掛けたと言っている。

「釣れたためしがないのに、しょっちゅう出掛けるんです。だから、うんと文句を言ってやりました。時間は八時過ぎごろです。出掛けたあとすぐ、電話が入って、そのとき時計を見たら八時三十分でした」

「ほう、何だって時計なんか見たんです？」

「それはあれです、九時に待っているって言ったからです」

「九時に待っているって、それは何のことです？」

「さあ、分かりませんけど、電話の人がそう言ったんです。でも、主人は出掛けましたって言うと、じゃあ結構ですって」

「誰ですか、その人は」

「たしか多和田《たわだ》さんておっしゃったみたいなんですけど」

「多和田？」

「ええ、主人の知り合いに多和田さんていう人がいて、いつも夜になると誘いをかけてくるもんで、その人かなって思ったのですけど、違うみたいでした」

「多和田じゃなくて、沢田じゃなかったのですか？」

「沢田さん……そうかもしれません」

「昭和町の沢田酒店を知ってますか？」

「昭和町？　ああ、知ってますけど……あのそれは刑事さんもご存じでしょう。うちの親戚《しんせき》の、あの……」

「そうです、心中なさった曾宮さんのお宅の二軒隣の酒屋さんですよ。じつはね奥さん、あの酒屋さんのご主人が、けさ、錦ヶ浦の下の海で、死体となって発見されましてね。どうも他殺の疑いが強いのですよ」

「えーっ……」

若尾夫人は青くなった。

その時点では、事件のことはまだマスコミには流れていなかったから、若尾や若尾夫人が驚くのは当然なのだが、夫人はともかく、若尾の驚く様子が演技なのかどうか、警察は見極めがつかなかった。

夜に入ってからも、若尾剛に対する事情聴取はつづけられたが、アリバイがはっきりしないという点はあっても、動機その他、クロと断定できる材料は何も出てこなかった。

ただし、若尾の自宅から網代の防波堤へ行くには、錦ヶ浦の上を通ってゆくことは間違いない。車で出掛けて、途中で沢田と落ち合い、鈍器で殴殺して錦ヶ浦に放り込んだ——という筋書きは容易に描ける。

容疑が晴れないまま、警察は若尾を深夜には帰宅させ、また翌朝、九時から任意出頭を求めて、執拗《しつよう》な取り調べを続行した。

*

浅見は宇治から帰って、網代に曾宮一恵を送り届けた。その足で川口を訪ねようかと思ったが、すでに午後十時になろうとしていたので、いったん東京の自宅に戻った。

翌日の朝、川口に電話すると、午後は空けておくからというので、すぐに熱海へ向かった。

例の喫茶店で待ち合わせる約束だが、駐車場探しにひと苦労した。熱海はほんとうに狭い街である。やっとのこと、ヤオハンデパートの駐車場にソアラを置いて、喫茶店まで走って行った。

川口はだいぶ前に来たらしく、コーヒーはとっくに空になっているし、灰皿は吸殻の山であった。

「浅見さん、酒屋のおやじを殺したのは、なんと〔瀬賀和〕熱海店の若尾店長だったのですよ」

川口は浅見の顔を見るなり、興奮した口調で言った。これには浅見も驚いた。

「えっ、もうそこまで突き止めちゃったのですか？」

「ははは、さすがの浅見さんもびっくりしたでしょう」

得々として、これまでの経過を手短に話した。

「まだ取り調べが始まったばかりですからね、ゲロするまで時間はかかると思うけど、まず間違いないですな」

「はあ……」

浅見は浮かない顔になった。

「で、動機は何なのですか？」

「動機って、浅見さん、何を言ってるんですか。曾宮さん夫妻殺しのからみに決まってるじゃないですか」

「えっ、若尾氏が曾宮夫妻を殺害した犯人だったのですか？」

「そういうことですな。考えてみれば、若尾にとって、曾宮さんの〔芳華堂〕は、狭い熱海の中で似たような菓子を売っているという点で、明らかに利害関係がありますからね。充分な動機があったのです」

反論をしようと思ったが、その点については、浅見もまったく認めないというわけにはいかない。

「ね、そうでしょう。もっと早くに気づいていれば、追及の方法もあったのだが。なにぶん、当初から心中の心証が強かったもんだから、どうしてもとおりいっぺんのものになってしまったきらいはあります。しかしまあ、酒屋さんには気の毒だが、これで前の事件も一挙に解明されます」

浅見が何も言わないので、川口はますます勢いづいている。浅見はいささか辟易《へきえき》しながら、言った。

「川口さん、たしかに心中や自殺のセンは無くなったかもしれませんが、だからといって、若尾氏が曾宮夫妻を殺したというのは、短絡的すぎませんか」

「そんなことはないでしょう。何よりも、沢田酒店の主人を殺したことが、それを証明しているじゃないですか。ヤツはおそらく、曾宮さん殺害の現場を酒屋のおやじに目撃されたんじゃないですかな。曾宮家に出入りするところか何かをね」

「ちょっと待ってくれませんか。その前に、若尾氏が曾宮さんを殺害した方法は、どういうことになっているのですか？　乾杯のワインに、いつ毒物を混入したと考えているのですか？」

「そんなもの」と、川口はいともあっさりと一蹴《いっしゅう》した。

「そんなものは、これから調べを進めていけばいいのです。とにかく現段階では、酒屋殺しの容疑が決定的ですから、そっちのほうで攻めて、結果として曾宮さん殺しのほうも全面自供に追い込むのです」

「しかし、曾宮さんの事件の際、警察はひととおり、周辺での聞き込み捜査をやっているのでしょう? もしそういう事実があるとしたら、そのときになぜ酒屋さんは黙っていたのですか?」

「いや、あのときは、われわれはてっきり心中だと思っていましたからね、いいかげんだったとは言わないが、正直言って、徹底した姿勢に欠けたうらみはあるのです。酒屋だって、心中だと思って、若尾がウロウロしていたのを、さほど重要に思わなかったのかもしれないし、もうちょっと勘繰ればですよ、酒屋はそれを承知の上で、若尾をゆすっていた可能性だってあるのじゃないですかね。いや、私はむしろ、そのセンが強いような気がしてますよ」

「なるほど、その脅しに耐えきれず、若尾氏は酒屋の主人を消したというわけですか」

「浅見さん、なんだか元気がないですなあ。まさか、いまさら、曾宮さん夫婦の死は、やっぱり心中だった——なんてことは言わないでしょうね」

「すると、警察はすでに、心中説を撤回したのですか?」

「いや、その件はまだ誰にも話してませんよ。浅見さんとの約束ですからな。仁義を守らなければねえ。だからあんたを待っていたんじゃないですか。どうなんです？心中なんかじゃないのでしょうな？」

「ええ、あれは心中でも自殺でもありませんでしたよ。曾宮さん夫妻は間違いなく殺害されたのです」

浅見は問題の「遺書」が、じつは二十三年前に書かれたものであったことを話した。それは、無骨そのもののような川口にとっても、感動的な話であったらしい。しきりに首を振って、「まるでドラマみたいな話ですなあ」と感嘆の声を洩《も》らした。

「しかし、そこまではっきりしているんだったら、いよいよ若尾の犯行であると断定していいでしょう。これで私も堂々と捜査本部に提言できますよ。捜査本部は県警の連中が偉そうな顔してましてね、あまり愉快じゃないんです。この話を持ち込んだら、連中もちょっとは度胆を抜かれるでしょうな」

川口は愉快そうに笑ったが、浅見はますます気が滅入《めい》った。

「それじゃ、川口さんに訊《き》きますが、曾宮さん殺害の動機は何なのですかねえ？」

「それはあれでしょう、若尾にしてみれば、〔瀬賀和〕熱海店のつい目と鼻の先に同じような京菓子の店があるのが目障りだったのでしょうな」

「しかし、先に店を出したのは〔芳華堂〕の方ですよ。それに、かりにも〔瀬賀和〕と〔芳華堂〕は姻戚《いんせき》関係じゃないですか。いくら商売がたきとはいっても、殺すところまで行きますか？」

「そりゃまあ、常識的には考えられないかもしれないが。けど浅見さん、人間てやつは、常識では考えられないような、下らない理由や動機で、大それた犯罪を犯すもんですよ。それに、若尾の奥さんは〔瀬賀和〕の娘ですからね、若尾としても、カミさんの親兄弟にいいところを見せたかったということはあるでしょう」

「それはあります。それだけに、疑惑を抱かないわけにいかないのですが……それにしても、そんなことは考えたくないです」

「ははは、そんな女学生みたいなおセンチなことを言ってたんじゃ、刑事は務まりませんからなあ。それに、もっと他にも有力な動機があるのかもしれないしね」

まさにそうだった、その「有力な動機」を、浅見は知っているのだ。

「ま、とにかく、嘘だと思うなら、実際に当たってみたらどうです。きょうは特別に本官がご案内しますよ」

川口は腕時計にチラッと目をやってから、意気揚々と言って立ち上がった。

3

二人はまず、そこからほど近い、沢田酒店を訪れた。

もちろん沢田の店は閉められている。身内だけの通夜は昨夜のうちにすませ、葬儀はきょうの午後、市営の公民館で執り行なわれるのだそうだ。

曾宮家の場合もそうだったが、熱海の商店街では、葬儀はなるべく公民館で——というのが不文律だ。観光地でもあり、また商店街は店と店とが軒を接するばかりに狭く、そこで葬儀が行なわれるのは、近所迷惑を通り越して、熱海のイメージを損ないかねない。

沢田未亡人の加津子は、独り自宅で寝込んでいた。事件直後は気も張っていたのか、警察の事情聴取にもきちんと応対していたが、しだいに体調がおかしくなって、ついにダウンしてしまった。医者の話によると、血圧が百八十まで上がったそうだ。ふだんは水泳教室に出掛けたりして、病気ひとつしたこともない女だったそうだから、夫の死はよほどショックだったのだろう。

あまり長い訊問《じんもん》は困ると、医者にクギを刺されているので、手短に話を聞くことになった。

「ご主人に電話がかかってきたときの様子だけを、もう一度、聞かせてください」

浅見は頼んで、マイクロ・テープレコーダーをセットさせてもらった。

「まず電話のベルが鳴りましたね。時刻は八時過ぎでしたか。そのとき、ご主人とあなたは、それぞれどこにいたのですか？」

「私は店にいました。主人はこの部屋でテレビを見ておりました」

「そして、奥さんが電話を取ったのですね」

「ええ、そうです。そしたら『若尾』って名乗って……」

「あ、ちょっと待ってください。受話器を取ったとき、奥さんは何も言わなかったのですか？」

「いいえ、ちゃんと最初に、『はい、沢田屋でございます』って言いましたよ」

「そう、それで結構です。その要領で、細かく教えてください。そうすると、奥さんが受話器を取ってこちらの名前を言うと、相手はすぐに名乗ったのですか？」

「いいえ、『ご主人、いますか』って言いました」

「男の声ですね？　高い声ですか、低い声ですか？」

「さあ……中くらいかしらねえ」

「聞いたことのある声でしたか？」

「聞いたような気もするし、聞いたことがないような気もするし……ただ、ちょっと、何となく作り声みたいだなっていう気がしたんですけど」

「ほう、作り声ですか……それで、奥さんは何て言いましたか？」

「はい、おりますが——と言いました」

「そしたら？」

「ちょっとすみませんが、呼んでくれませんか？——です」

「それから？」

「どちらさまですか？　と訊きました」

「なるほど、そこではじめて名乗ったわけですね。それで、何て言いました？」

「若尾だけど、と言いました」

「若尾だけど、と言ったのですね？『だけど』というのは、少し乱暴な言葉ですが、そう言ったのですね？」

「ええ、そう言いました。でも、うちあたりのお客さんは、そういう言葉遣いをしますから、慣れっこになっていて、べつにいやな気もしません」

「なるほど……それからどうしました？」

「それで、主人を呼んだのです」

「何と言って？」

「受話器を保留の台のところに置いて、『電話よ』って呼びました」

「ご主人のそのときの様子を詳しく教えてください」

「主人は立ってきて、受話器を取って……」

「あ、そのときですが、奥さんは『若尾さんからよ』とか、そういうことは言わなかったのですか？」

「ええ、お店のお客さんでない、主人のともだちのときは、いつも何も言いません」

「なるほど、どうぞその先をつづけてください」

「主人は受話器を取って、『はい』と言って、たぶん相手の人が名前を言ったのだと思いますけど、『ああ、あんたですか』と言いました」

「ほう、じゃあ、知っている人だったのですね？」

「ええ、そんな感じでした」

「親しそうでしたか？」

「さあ、それほど親しいっていう感じではなかったみたいですけど」

「それから？」

「そのあとは、私は居間のほうへ行ってしまいましたから、どういう話だったのか、知りません」

「ちょっと待ってください。ご主人が『ああ、あんたですか』と言ったときですが、ご主人は奥さんのほうを見ませんでしたか？」

「あらっ……」

沢田加津子は驚いて、「そうなんです、よく分かりますね」と言った。

「主人はチラッとこっちを向いて、早く行けばいい——という顔をしたんです。いえ、べつにそう言ったわけじゃないですけど、そういう感じ、分かるんです。女の人からかかったときなんか、いつだってそうですから。だから、私はさっさと居間へ行ってしまったんです」

死んだ亭主への憤懣《ふんまん》を隠そうとしない。

「分かりました。それからご主人は出掛けられたのですね？」

「そうです。電話が終わると、ちょっと出掛けてくるって言って」

「行く先は告げなかったそうですね」

「ええ、言いません。いつものことですから、どうせろくなところじゃないとは思いましたけど……でも、まさか死ぬなんて……」

酒店のおかみさんは、今度は涙ぐんだ。夫婦間の感情の機微は、浅見にはどうも理解しにくい。

「話は違いますが」と浅見は言った。

「六月のなかばごろ——正確に言うと、曾宮さんご夫妻がああいうことになった日の二日前のことですが、曾宮さんがワインを買いに来ましたね」

「ええ」

「そのときのこと、憶《おぼ》えていますか？」

「ええ、よく憶えています。あの後、警察の人が何回も見えて、そのときのことをしつこく訊《たず》ねられましたから」

「しつこい」と言われて、川口警部補は苦笑した。

「たしか、曾宮さんにワインを売ったのは、ご主人のほうだったと思いますが」

「はいそうです。私は別のお客さんにかかっていましたので。でも、曾宮さんのことはちゃんと憶えていますよ」

沢田加津子は、自分の記憶力を疑われてはたまらない——というように、力説した。

「曾宮さんが、あさって娘さんが帰って来るので、乾杯するのだとかおっしゃって、とても嬉《うれ》しそうだったお顔を、いまでも思い出せますからね」

「なるほど、よく憶えていますねえ。ところで、そのとき、奥さんが相手をしていたお客さんですが、どなたでしたか？」

「は？……」

加津子は意表を衝《つ》かれて、目をパチクリさせた。

「あら、誰だったかしら？……いやだ、曾宮さんのことはしっかり憶えているのに、自分が相手していたお客さんのことを憶えていないなんて……」

「いや、三月も前のことですからね、忘れてしまうほうがふつうなのです。それに、警察もそのお客さんのことなんか、訊《き》かなかったでしょうし」

「ええ、それはぜんぜん……でも、あれは誰だったかしらねえ……このへんまで出てきているんだけど……」

加津子はよほど悔しいらしい。懸命に記憶を呼び戻そうとしている。このぶんなら、いつか思い出せそうだ。

「それじゃ奥さん、思い出したら川口さんのところに連絡してください」

浅見と川口が礼を言って、席を立つのにも上の空で応《こた》えるほど、加津子はその「お客」にこだわっていた。

浅見はそのあと、若尾に会うことにした。

「まだ警察ですかね？」

「いや、もう帰したと思うが……」

川口が署に問い合わせると、若尾剛は午後二時ごろまで警察の取り調べを受け、帰宅したということであった。遠い外出は当分のあいだ控えるように言ってあるので、いまごろは、自宅にいるだろうという。

もちろん、川口は一緒に行くつもりでいるのだが、浅見は一人のほうがいいからと断った。

「しかし、民間人のあんたが取り調べの真似ごとをするのは、具合が悪いですなあ」

川口は渋った。

「いえ、僕は取り調べをするつもりなんか、ありませんよ。ただ会って、話を聞くだけです」

「はははは、疑《うたぐ》り深いなあ。ほんとに、心配しないでください。僕は〔瀬賀和〕の店長にお菓子の話を聞きに行くのです」

浅見は笑って、ちょっと思案してから、

「さっき、沢田酒店の奥さんが言ってた、電話のことですが、『若尾だけど』と言ったというでしょう。あれ、ちょっと気になりませんか」

「気になるって、何がです？」

「若尾氏のような商売をやっている人間が、『だけど』なんていう口のきき方をするでしょうか？　無意識にでも『若尾ですが』と言いそうなものじゃありませんか？」

「ということは、つまり、べつの若尾だったっていうわけですか？」

「ええ、別人か、あるいは、故意に若尾氏の名前を騙《かた》ったか」

「名前を騙った？……どうしてそんなことをするんです？」

「もちろん、若尾氏に疑いを向けるためですよ」

「しかし、何で若尾氏なんです？」

「さあ、それは分かりませんが」

「ははは、どうも浅見さん、考えすぎじゃないですかなあ」

「そうかもしれませんが、僕にはちょっと心当たりがあるものですから」

「心当たり？　何です、それは？」

「いや、これは川口さんには関係のないことです」

「そんな……隠すことはないでしょう」

「隠すわけじゃありませんが、まだ仮説の段階ですから、すべてがクリアになったあとでお話しします」

「ふーん、なんだか、あまりいい気分ではないですなあ」

川口は不満そうに唇を尖《とが》らせた。

4

喫茶店の前で川口と別れ、浅見は熱海特有の、ややこしく曲がりくねった坂道を下って行った。ソアラはもうしばらく、ヤオハンデパートに預かってもらうよりしようがない。

思いがけず、（瀬賀和）の手前の街角で、曾宮一恵とバッタリ出会った。二人同時に気づいて、足を停めた。浅見はすぐに一恵に近寄って行ったが、一恵は（しまった――）という顔で、そっぽを向いた。

「あなたも若尾さんのところに？」

浅見は露骨な顰《しか》めっ面をして、言った。

「ええそうですよ。浅見さんもですか?」

一恵は負けていない。

「何をしに行くんです?」

「浅見さんと同じ目的だと思いますけど」

「いや、それはたぶん違うと思うな。あなたはきっと、若尾さんに自首でも勧めるつもりなんでしょう」

「そうです……じゃあ、浅見さんは違うんですか? 何しに行くんですか?」

「僕は……いや、僕のことはどうでもいい。あなたはみだりに動いちゃだめだって、昨日あれほど念を押したでしょうが」

名神高速道を走りながら川口警部補に電話して、沢田酒店の主人が殺害された事件のことを知ったとき、一恵は震え上がった。それからずっと、熱海に着くまで、じっと無口になってしまって、その思いつめた様子が心配だった。

彼女が何を考えているのか、何をしようとしているのか、浅見には大方の予測はついた。だから、網代の瀬川家に送り届けて、別れ際に「事態がはっきりするまで、二、三日は動かないように」と、医者が手術後の患者に言うようなことを言っておいたのだが、やはり効き目はなかったらしい。

「動くなっていうのは、浅見さんが勝手に、一方的に言っただけで、私は何の約束もしていません」

「いや、約束とかそういう問題じゃなくて、あなたは勘違いしている可能性があるから、やめなさいって言ってるんです」

「勘違い？　私がですか？　嘘……だって、若尾さんが父を殺して『源氏物語』のアイデアを盗んだって言ったのは、浅見さんじゃないですか」

「冗談じゃない、僕はそこまで断定してはいませんよ」

「でも、間違ってはいません」

「困ったひとだ……」

浅見は苦笑して、「ここじゃまずいな、ちょっと、あそこの喫茶店に入りましょう」と、一恵の腕を取った。一恵は抵抗はしなかったが、通りすがりの二人連れの主婦が、妙な顔をしていつまでも振り返っている。誘拐か何かと間違われたかもしれない。

喫茶店に入ると、なるべく隅のほうのテーブルに坐《すわ》った。コーヒーを注文して、運んできた女性が遠くへ行ってしまうまで待ってから、浅見は言った。

「やっぱり、宇治の〈薫り木〉で、僕が犯人は『源氏物語』のアイデアを盗んだと話したとき、あなたは犯人が誰だったか思い出したんですね」

「そうですよ」と、一恵は開き直ったように言った。

「あのとき私が見たのは、間違いなく若尾さんだったんです。浅見さんが、犯人は菓子製造業者だって言ったとき、急に、それまでもうろうとしていた犯人の姿がはっきり見えてきました。あれは間違いなく若尾さんだったんです。でも、そんな恐ろしいことはあり得ない、何かの間違いだって思い直して。何度も心の中で否定しようとして……」

一恵は辛《つら》そうに吐息をついた。

「だって、そんなこと考えられないでしょう。若尾さんは血の繋《つな》がりはないけど、月江叔母さんのご主人の妹さんのご主人――つまり、れっきとした親戚《しんせき》ですよね。〔瀬賀和〕の熱海店ができてからは、うちにもときどき来て、一緒にお酒を飲んだり、ばかな冗談を言いあったりして……父も母も頼りにしていたし……そんな若尾さんがどうして……考えられませんよ。考えたくありませんよ。浅見さんに誰だったのか――って訊《き》かれたときも、だから、私は、そんなことはあり得ないって思いつづけていたんです。やっぱりあれは、幽体離脱のときに見た幻覚なんだって。だから、このまま私一人の胸に仕舞って、誰にも話すまいと決めたんです」

「そう、それでいいじゃないですか。そう思ったのなら、どうして……」

「浅見さんは、やっぱり、あくまでも第三者ですよ」

一恵は冷水を浴びせるようなきつい言い方をして、すぐに「ごめんなさい」と謝った。

「なんてひどいことを言ったりしちゃうんだろう。いま言ったこと、嘘なんです。心にもないことなんです。浅見さんにはこんなにお世話になっているのに……」

「いや、あなた自身の問題はあなた自身で解決しなければ――と思う気持ちはよく分かりますよ。それに、僕があなたの立場だったら、やはり同じように、たとえ若尾さんが犯人だと分かっても、密告するようなことはいやだって思うでしょう。何かの間違いなんだという方向に、懸命に逃げ道を求めようとするでしょうね。そのことで自己嫌悪を感じることなんか、ぜんぜんありませんよ」

「そう言ってくださると嬉《うれ》しいんですけど、でも、一昨日《おととい》、酒屋のおじさんまで殺しちゃったっていうんでしょう。それでも放っておくのは、私までが共犯者と同じですよね。なのに、やっぱり、警察に密告するなんてできません。こうなったらもう、直接、自首を勧めるしかないんです。そうする権利は私にはあると思うんです」

一恵は苦悩に満ちた顔で、しかし、昂然《こうぜん》と背を反らして宣言した。

「そう、たしかにあなたには、殺人者を告発する権利はありますよ」

浅見は肯定して、「しかし」と言った。

「いちばん肝心なことを見逃している。若尾さんが殺人者であるかどうか、まだ決まったものじゃないでしょう」

「そんな……いまさらそんな、真実を誤魔化すようなことを言ったって、だめですよ。私が見たのは、間違いなく若尾さんだったんです。浅見さんだってそう言ったじゃないですか。幽体離脱なんかじゃなく、ほんとにこの目で見たんです」

「そのことは認めますよ。あなたが言うとおり、たしかに『源氏物語』の書類を盗んだのは若尾さんの可能性が強い。いや間違いなく犯人だと断定しても構いません。しかし、だからといって、若尾さんが殺人者であるかどうか、それはまだ分かっていません。いいですか、あなたがあのとき見たのは、あくまでも、書類ケースに向かって引き出しを開けようとしている、若尾さんの後ろ姿にすぎないのです。それ以外の何物でもないのですよ」

「それだけ分かっているなら、十分じゃありませんか」

「いや、それは違う」

浅見は神のように宣告した。

「若尾さんは犯人ではあり得ないのです。もちろん、あの人にだって、人を殺すことはできるでしょう。僕はまだ会ってもいないけれど、〔瀬賀和〕の熱海店を任されるくらいだから、才覚も決断力も備わった人だと思います。それに、一家三人の死体の前で、『源氏物語』の書類を盗み出せるくらいに大胆でもあります。しかし、あなたのご両親を殺したのは、絶対に若尾さんではない――と、僕は断言できますよ」

「どうしてですか？　どうしてそんなことが言えるんですか？」

「それはね一恵さん、あなたのご両親を殺害したのは、毒物によってだったからです。僕は昨日、宇治の〔薫り木〕さんで、庭の雑草取りをしているおじさんが言った言葉に、ショックを受けました。『毒みたいなものは使えない』っていう、あれです。あなただって言ったじゃないですか。お菓子屋の人は、毒性の強いものにアレルギーだって。若尾さんが例外だとは思えません。〔瀬賀和〕のご当主が見込んだ人物が、毒物を平気で扱うような危険な人だとは考えられませんよ」

「…………」

一恵は（はっ——）としたように黙った。

「あのとき『源氏物語』の書類を盗んだのは、たしかに若尾さんだったのでしょう。若尾さんはおそらくあの前日あたりに、あなたのお父さんから『源氏物語』のアイデアを聞いていて、羨《うらや》ましいと思っていたにちがいない。あるいは『負けた』と思ったのかもしれません。実際、〔芳華堂〕さんが『源氏物語』シリーズを発表すれば、熱海の新しい名物になったでしょう。熱海ばかりでなく、東京の一流デパートの売場でも、立派に通用する、すばらしいネーミングですよ。もしそうなれば、さすがの〔瀬賀和〕も影の薄い存在になってしまう。若尾さんが、その企画を譲ってもらえるものなら——と思ったとしても不思議はありません。それに、曾宮さんの『源氏物語』は、たしかにすばらしいアイデアには違いないけれど、〔芳華堂〕さんの乏しい資金力では、思ったような展開ができない。宝の持ち腐れになってしまうかもしれない。それならいっそ、〔瀬賀和〕が権利を譲ってもらって、曾宮さんにはロイヤリティを支払うという手もある。そう考え、その話を持ち掛けに行ったとも考えられます。そして、あの悲惨な現場に遭遇した……」

「じゃあ、若尾さんがうちに来たときには、すでに私たちは死んでいたんですか？」

「そのとおりです。もちろん、若尾さんは驚いて、曾宮さんに駆け寄ったでしょう。しかし、警察の調べた結果から考えても、その時点ではすでに曾宮さんご夫妻は亡くなっていたのです。若尾さんにしてみれば、当然、一恵さんも死んだものと思ったでしょうね。そして、すぐに一一〇番を――と思ったが、そのとき、悪魔が乗り移った……」

「ほんとに、それだけだったんですか？」

一恵は縋《すが》るような眼を浅見に向けた。

「ほんとに若尾さんは、アイデアを盗んだだけなんですか？」

「ほんとうです」

浅見は断言した。

一恵は、長いこと浅見を見つめてから、つめていた息を「ほうっ……」と吐き出した。

「それで、浅見さんは若尾さんのところに行って、どうするつもりなんですか？」

「犯人を捕まえる算段を考えます」

「えっ、犯人を捕まえるって……若尾さんのところに行って、そんなことができるんですか？」

「そのつもりです」

「じゃあ、浅見さんは、ひょっとして犯人が誰なのか、分かっているんですか？」

「まだ分かりませんが、たぶん……この世に神様がいるなら、たぶん、まもなく分かるはずです」

「そんな神様だなんて……もっと真面目に考えて言ってください」

「僕は真面目ですよ。世の中には理詰めで考えても解決できないことがある。だからこそ、人間は宗教を頼ったり、臨死体験だとか幽体離脱だなんてことを思いついたりするんです。人間は機械と違って、計算どおりにいかない。コンピュータなら、一度インプットされた知識は機械が壊れないかぎり、記憶素子の中に残っていて、都合のいいときに取り出すことができるけれど、人間の知識や記憶はどんどん変質したり剝《はく》落《らく》していってしまう。あなたが犯人を見た記憶だって、ずっと曖昧《あいまい》な形だったでしょう。しかし、ちょっとした刺激で、失われたはずの記憶があざやかに再生することもある。そういう現象を、僕は神意と呼ぶべきだと思うのです」

一恵は呆《あき》れたように、ポカンとした顔をしていた。

「そういうわけだから、若尾さんのところには、僕一人で行かせてください。いや、一人ではないな、神様も一緒です」

浅見は笑って、立ち上がった。

第六章　宝石よりも美しい

1

〔瀬賀和〕熱海店は、少なくとも表面上は、何事もなかったような賑《にぎ》わいを見せていた。店には若尾夫人と思われる中年の女性と、若い女店員が二人いて、客の応対に追われている。

若尾剛の姿はなかった。

浅見が手の空いた若い女性に近づいて、「ご主人はいらっしゃいますか？」と言うと、彼女ばかりでなく、ほかの二人もギクリとしたのが分かった。

「あの、どちらさまでしょうか？」

夫人らしい年配の女性が代わって、浅見の前に立った。

浅見は名刺を出した。

「曾宮一恵さんと一緒に宇治の〔薫り木〕さんへ行ってきた者です」

「ああ、あなたが……お話はうかがっております。どうも、一恵さんがお世話になりました。わたくしは若尾の家内ですが、あの、主人に何か？」

「はあ、じつは、『源氏物語』のことでちょっとお話ししたいことがありまして」

「えっ、『源氏物語』のことで……」

夫人は表情を曇らせた。「少々お待ちください」と言って、いったん奥へ引っ込んだが、すぐに戻ってきた。

「主人はお目にかかるそうです。散らかっておりますが、どうぞお入りください」

ショーウィンドーの脇から奥へと、浅見を先導してくれた。

若尾剛は応接室兼事務室のような部屋にいて、浅見を迎えた。ふっくらとした、いかにも菓子屋の旦那《だんな》――という風貌《ふうぼう》だが、そそけだつような疲労感は隠せない。

「お茶はいらないよ」

若尾は夫人を制して、言った。すぐにすむ話だ――という意味と、お茶を出すような客ではない――という意味とが込められているのを感じさせた。

「どういうお話ですか？」

夫人がいなくなると、すぐに催促した。警察で痛めつけられてきて、ほとんど精神のタガが外れたように、なかば自棄的になっているらしい。

「それでは、早速ですが、曾宮さんのお宅で『源氏物語』のメモを手に入れられたときのことを、うかがいたいのですが」

「なにっ！……」

　若尾の顔に、殺気のような気配が走った。しかし、それはすぐに一転して、脅《おび》えの色に取って代わった。

「失礼ですが、若尾さんはいま、警察の関心の的になっているのではありませんか？　いや、僕のほうにも警察の情報は入っておりますが、きわめて憂慮すべき状況と言って間違いありません」

「ふん、警察は見当違いなことを言っているだけですよ」

「そう、目下のところは、ですね。警察は沢田酒店の主人が殺された事件のことだけを見ています。そんなものには、あなたは無関係なのだから、ちっとも恐れることはない。そう考えていらっしゃるのでしょう？」

「ん？……ああ、そのとおりですよ。じつにばかばかしい」

「ところが、刑事さんの一人が、曾宮さんの事件とあなたとの関係について、たいへん興味を抱いているのです。つまり、曾宮夫妻の殺害はあなたの犯行ではないか――と」

「冗談じゃない。あれは心中だっていうじゃないですか」

「いや、それがですね、昨日の時点で引っ繰り返りまして、やはり殺されたものだということが判明したのです」

「いや、それは事実です」

「そんなこと言って……あんた、浅見さん、いったい何者です？　ルポライターみたいなことをやってる人だって聞いたが、警察とはどういう関係ですか？」

「警察に知り合いはいますが、きょう伺ったのは警察とは何の関係もありません。それから、ついでに申し上げておきますが、この件であなたを脅迫しようとか、そんなことは一切考えておりませんから、どうぞご心配なさらないように」

「だったらなぜ……何のために、そんな妙な話を持ち掛けてくるんです？」

「第一に、曾宮一恵さんのためです。それから、第二に〔瀬賀和〕さんのため。第三にはあなた自自身のため――もちろんご家族も含めてですけどね」

「家族」の言葉を聞いて、若尾の顔にサッと血の気が差した。家族のためになら、いかなる難敵とでも戦いそうな気迫を感じさせる。外見は穏和で、おそらくこれまでも、主人や妻に対して、その外見どおりに接して歩んできた人生なのだろう。しかし、いったんことあれば、乾坤一擲《けんこんいってき》の膂力《りょりょく》を発揮するタイプにちがいない。

「あんた、われわれのために、何をしてくれようというんです？」

追い詰められた牡鹿《おじか》のように、猜疑心《さいぎしん》と闘争心をあらわに、若尾は言った。相手が自分よりはるかに、どことなく頼り無げな男であると、軽んじる気分もあるだろう。

しかし、それにもかかわらず、その言葉の裏には、この際、誰かれ構わずに救いを求めるひびきのあることが感じ取れた。

「もちろん、真犯人を捕まえて、あなたに与えられようとしている汚名から、あなたやご家族や、〈瀬賀和〉のみなさんをお助けしたいと思っているのですよ」

「そんなことが……」

若尾は頬を歪《ゆが》めて笑い、「あんたにできるとは思えませんがね」

「なぜそう思うのですか？　僕は現に、『源氏物語』の秘密も突き止めたじゃありませんか。曾宮さんが心中なんかではないことを、警察に教えてやったのも、僕ですよ」

「………」

「それでもまだ疑うとおっしゃるのなら、僕は何も言いません。警察が大挙してやってきて、家宅捜索や、十日間にわたる勾留《こうりゅう》や、あたり構わぬ聞き込み捜査やらで、〈瀬賀和〉の名を失墜させるのを、ただ眺めていることにしますよ」

若尾の顔がひきつった。

「しかし、私は無実だ！」

「それは僕も知っています。しかし、たとえ無実でも、それが分かるまでは、警察というところは、定められた作業を忠実に履行する組織です」

浅見は「では」と席を立った。

「待て！　待ってくれませんか」

若尾は絞り出すように言った。店先に聞こえないようにと、この土壇場のときでさえ、気配りを忘れていない。

浅見が腰を下ろすと、「いったい」と若尾は言った。

「私はいったいどうすればいいと言うんですか？」

「あの晩、曾宮家を訪れたときのことを話してください。何があったのか、できるだけ詳細にです」

若尾は三度、大きく溜《た》め息をついた。

「あの晩、私は頼み込みに行ったのですよ。そうです、浅見さんが言われたとおり、『源氏物語』の商標を手に入れるために、です。いや、もちろん、あんな形で手に入れるつもりなど、まったくありませんでしたよ。商標の使用権を〔瀬賀和〕のほうに譲ってもらって、彼にはロイヤリティを支払う条件を示していたのです。その結論を聞かせてもらおうと思って、乗り込んで行ったのです。そうしたら、みんな倒れていて……」

若尾はそのときの情景を脳裏に蘇《よみがえ》らせ、慌てて、記憶を振り捨てるように、目をつぶり、頭を振った。

「私は一瞬、何が起こったのか判断がつかなかった。私を驚かすための、悪いいたずらか——と思ったくらいです。しかし、曾宮さんたちは死んでいました。こいつは大変だと思って、すぐに一一〇番をしようと思ったのですが、振り向いた目に、書類ケースの引き出しが映った。あそこに『源氏物語』のアイデアが仕舞ってある——と思ったら、無意識のうちに手が伸びていました。その後は、自分でも何をやったのか、信じられないくらい狼狽《ろうばい》していたらしい。これで『源氏物語』が自分の物になるという、そのことだけが頭にあったのかもしれない。いや、指紋をつけないようにと、まるで強盗犯人みたいな気配りもしていた。みんな死んじゃったのだから、あとで取ればいいなどという知恵は、ぜんぜん思い浮かびませんでしたよ。とにかく気がついたら、書類を全部摑《つか》んでいた。それから電話の前に行ったとたん、ベルが鳴り出した。受話器を握ろうとして、私はいけない——と思ったんです。これじゃ、犯人にされてしまう——とね。なぜそう思ったのか、よく分かりません。テレビドラマなんかで、無実の罪に問われる話は、たいていこういう状況だと考えたのかもしれない。私は電話の音に追われるようにして、曾宮さんの家を抜け出しました」

「分かりました」

浅見はヤレヤレ——というように首を振った。

「その『源氏物語』のことですが、警察には黙っていることにしましょう」

「はあ……」

若尾は不思議そうに浅見を見つめた。

「ところで鍵《かぎ》は？」と浅見は言った。

「入るとき、鍵はかかってなかったのですか？」

「ええ、かかっていませんでした。チャイムを鳴らしたんですが、誰も出てこないし、あの家のチャイムは音が小さいんです。前に行ったとき、テレビがついていて、聞こえないことがあった。だから勝手にドアを開けて、中に入りました」

「そのとき、あの路地の周囲には誰もいなかったのですか？　つまり、目撃者は」

「たぶんいなかったと思います。入るときは、べつに注意もしていませんでしたが、あの辺の商店は七時か、遅くとも八時には店を閉めちゃうのです。私が行ったのはもう九時半ごろでしたから、通りもほとんど真っ暗でした。路地を出るときは、左右に気を配って……そうです、まるでいっぱしの泥棒みたいでした」

若尾は話し終えてほっとしたのか、全身から力を抜いた。

浅見はしばらくのあいだ、若尾の話を自分の頭の中で再現することに専念した。路地を入って、チャイムボタンを押して、耳をすませ、反応がないことにしびれを切らせて、ドアのノブを回す……。

「指紋のことですが、ドアのノブにも指紋が残りますね。それはどうしましたか？

拭《ふ》き取ってきましたか？」

「いや、拭き取りませんでした。電話が鳴ってたせいか、逃げ出すときは、無我夢中で、そこまで気が回らなかったのです。しかし、あとで気がついて、しまった――と思いました。いつバレるかとドキドキしていたのですが、警察の事情聴取の際も、私の指紋のことは言いませんでした。警察は指紋を採取したりはしなかったのですかねえ」

「それは幸運だったのですよ。いや、警察が指紋採取を怠るはずはありませんが、指紋はいつもきれいなものが採取できるとはかぎらないのです。それに、そのあと、一恵さんの友人の女性が出入りしていますから、消されてしまったのかもしれません」

浅見は何となく、警察のために弁解しているような気分であった。たしかに、消されたとも考えられるが、やはり、心中の心証が強かったことで、初動捜査に綿密さを欠いた可能性がある。

それにしても、「幸運」だったのは若尾ばかりではない。犯人もその幸運を享受したことは確かだ。もしドアの指紋を消した形跡があれば、警察は殺人事件の疑いをもって捜査を進めていただろう。

「若尾さんが玄関に入ったときのことを、よく思い浮かべていただきたいのですが」

と、浅見はゆっくりした口調で言った。

「玄関の土間に、靴が脱いでありませんでしたか？」

「ああ、それはありましたよ。玄関に入ってからも何回か『こんばんは』って呼んだんですが、ぜんぜん答えがないもんで、おかしいなと思って上がろうとして、そのとき土間を見下ろしましたからね」

「靴は何足ありましたか？」

「二足です。狭い土間ですからね、二足でもけっこう、目立つのです。それを避けて靴を脱ぎました」

「男物が一足と、女物が一足ですね？」

「そうですそうです……ほう、よく分かりますねえ」

「ええ、一足は一恵さんのもの、もう一足は犯人のものですよ」

「えっ、犯人？……」

若尾はギョッとした。

「ほんとに犯人の靴なんですか？」

「そうです。一恵さんはしばらくぶりの帰郷だし、すぐに友人に会いに出掛ける予定がありますから、靴を脱いだままにしておいたのでしょうが、曾宮さんは几帳面《きちょうめん》な人ですからね、必ず下駄箱に仕舞うはずです」

「あっ、そう、そうですよ。あそこのお宅には何回か行きましたが、そういえば靴が出しっ放しにしてあったことは、ただの一度もありませんでした」

若尾の目にはじめて、浅見に対する畏敬《いけい》の念が込められた。

「その靴の特徴を——といっても、すぐには思い出せないでしょうね」

「そうですなあ……待ってくださいよ、たしかあれは、茶色で紐《ひも》のない靴でした。甲の真ん中に金色の飾りのプレートがついていて、曾宮さんらしくない靴だな——と思った記憶があります」

「それはすごい！」

浅見は感嘆した。「すばらしい注意力と記憶力ですねえ」

「いや、そういう、色だとか小さなアクセントだとか、つまらないところには、妙に気がつくのです。菓子づくりをやっているせいですかね」

若尾の表情と言葉つきに、はじめてゆとりが生じた。

しかし、それも束の間、若尾は愕然《がくぜん》として言った。

「えっ、待ってくださいよ。じゃあ、あのとき、まだ曾宮さんの家には犯人がいたっていうことですか？」

「そうですね。犯人はチャイムが鳴って、若尾さんが入ってきたので、びっくりして、どこかに隠れたのでしょうね」

「そうだったのですか……それじゃ、もし私がすぐに一一〇番していれば、犯人はすぐに捕まっていたのか……」

「いや、それはどうですかね。もし若尾さんが電話をかけたら、犯人は若尾さんを襲っていたかもしれない。いや、おそらくそうしたでしょう。犯人の残虐性は、沢田酒店のおやじさんを殺したことで証明されています」

「えっ、じゃあ、その事件のほうも同じ犯人の仕業ですか？」

「もちろんそうですよ。一昨日《おととい》の夜、若尾さんのお宅に呼び出しの電話らしきものをかけてきたのも犯人です。つまり、あの晩、若尾さんが曾宮家に来たことを知っている証拠です」

「なるほど、そういうことだったのですか。それにしても浅見さん、あなたは……」

若尾はあとの言葉を飲み込んだ。

2

曾宮一恵は浅見が若尾のところから引き揚げてくるのを、喫茶店でずっと待っていた。先に帰りなさいと言ったのだが、言うことをきかなかったのだ。

「どうでしたか？」

浅見の顔を見るなり、立ち上がって、心配そうに訊《き》いた。ひょっとすると、若尾にひどいことをされるような状況を考えていたのかもしれない。

「やっぱり若尾さんは犯人なんかじゃありませんでしたよ」

浅見は笑いながら彼女の前に坐《すわ》った。

「そのほかのことも、ほとんど僕の思ったとおりでした。つまり、『源氏物語』のアイデアを盗み出したこともね。しかし、それも結果的にそうなっただけで、最初から犯行の意志があったわけじゃないのです」

浅見は若尾との話の内容を、ひととおり話して聞かせた。

「それだったら」と、一恵は複雑な面持ちで言った。

「もし、私や浅見さんが、余計な調査をしたりしなければ、何事もなく、このまま心中事件で片づいていたんですね。何だか若尾さんに悪いことをしちゃったみたい」

「ほう、いいなあ……」

浅見は見直した——という目つきで一恵を見つめた。

「あなたのそういう優しさ、いいですねえ」

「えっ？　やだ、そんなんじゃないです」

一恵ははにかんで、すぐにきびしい顔に戻った。

「でも、若尾さんが犯人でなくてよかった。こうなったら、一刻も早く、父や母の恨みは晴らさなければ」

「それに、沢田酒店のおやじさんのもね」

「ええ、もちろん……だけど、父と母はなぜ殺されなければならなかったんですか？

それに、沢田酒店のおじさんだって」

「あなたのご両親のことはまだ何とも言えませんが、沢田さんが殺された理由は分かりますよ。沢田さんは犯人を目撃したのでしょうね。いや、もちろん犯行そのものを目撃したわけじゃないけど、犯行現場付近にいたのを目撃していたんですよ、きっと。しかし、警察があの事件を心中と断定したために、まさかその人物が犯人だとは考えなかった。ところが、犯人にしてみれば、目撃されていることは、不安でしょうがない。いつかは消してしまわなければ——と思っていたら、警察が動き出した気配を感じたので、実行に移したということだと思います」

「そうなんですか……浅見さんが言うと、なんだかいかにも本当みたいに聞こえます」

「あははは、ひどいなあ、ほんとのことを言ってるつもりですがねえ」

「あ、ごめんなさい。でも浅見さん、犯人は捕まるのですか？」

「捕まりますとも。うまくいけば、きょうか明日中にもね」

「ほんとですか？ いえ、ほんとなんですよね……でも、なんだか信じられない」

「ははは、信じる者は救われるのですよ。ただし、これからかける電話の結果が問題ですけどね」

浅見は、手品師のような手付きで、ポケットから十円玉を取り出して、店内のピンク電話に向かった。

川口警部補はデスクに戻っていた。

「あ、浅見さん、どうでした、若尾は？」

「若尾さんは事件に関係ありませんよ」

「えっ、ほんとですか、それは？」

「ええ、ほんとです」

「しかし……」

「それより川口さん、沢田酒店の奥さんからは、まだ何も言ってきませんか？」

「ああ、それそれ、いましがた電話してきて、思い出したそうですよ。あのとき応対していたお客は、町内の〔布袋屋《ほていや》〕っていう布団屋の奥さんだったそうです」

「奥さん？　男じゃなかったのですか」

「あはは、奥さんていうくらいだから、たぶん女でしょうな」

「女、ですか……」

浅見はガンと一発、横っ面を張られたようなショックだった。

「それ、間違いないのでしょうね？」

「どうも、浅見さんの欠点は疑《うたぐ》り深いことと、警察を信用しないところですな」

半分は本音の皮肉であった。

「すみません、そういうつもりじゃないのですが、ちょっと意外だったものですから」

「意外はないでしょう。酒屋の客のほとんどは女性ですよ」

「いや、それはそうなのですが」

「まだ信じられないのなら、浅見さんが直接行って、確かめたらどうです。しかし、あのおカミさんは絶対間違いないって言ってましたがね。そんなことより浅見さん、若尾のほうだが、そうあっさりとシロだって言われても困っちゃうなあ」

「それだったら絶対に大丈夫ですよ」

「ははは、浅見さんも絶対ですか。どっちの絶対が本物の絶対ですかなあ」

「とにかく、もうちょっと待ってください。一応、自分で確かめてみますから」

「ふーん、じゃあ、やっぱり沢田酒店へ行くんですか。まあいいでしょう、気のすむようにやってみてくださいや」

川口は鼻白んだように言って、先に電話を切った。

浅見が難しい顔で席に戻ったので、一恵はまた不安そうに立ち上がって迎えた。

「どうだったんですか？　何か具合の悪いことでも？……」

「ええ、ちょっとね」

浅見は言って、すぐに陽気な顔を装った。

「さあ、行きましょうか。とりあえず若尾さんの疑いが晴れたことだし、あなたは網代に帰りなさい」

「浅見さんはどうするんですか？」

「僕もそろそろ引き揚げますよ」

「だったら、網代に行きませんか。昨日は送っていただいたのに、お礼も言えなかったので、叔母《おば》がすごく気にしてました」

「いや、きょうはご遠慮しましょう。事件がすべて解決したら、必ずお邪魔します」

一恵は心残りの様子だったが、浅見は気が急《せ》いていた。喫茶店の前で右と左に別れて、一恵が振り返ったのにも気づかずに、坂道を一散に駆け出した。

浅見はまず布団屋を訪ねた。〔布袋屋〕の店先には布袋さんみたいな女性が店番をしていた。浅見が「奥さんですか？」と聞くと、三重顎《あご》を窮屈そうに引いて頷《うなず》いた。

「ちょっと古い話ですが、曾宮さんのご夫婦が亡くなる二日前……」

「ああ、そのこと？」

布袋夫人は甲高い声で浅見の質問を遮った。「それ、さっき沢田さんとこの奥さんから電話がありましたよ」

「あっ、そうですか」

「ええ、〔芳華堂〕のご主人がワインを買いにきたとき、酒屋さんの奥さんと話していたの、たしかに私ですよ。その次の次の日に心中でしょう、だからよく憶《おぼ》えているのよ。刑事さんが行くかもしれないって言ってたけど、ほんとに来たのねえ」

夫人は全身の脂肪を揺すって、嬉《うれ》しそうに笑った。

「だけど、あの奥さんも相当なショックだったみたいだわねえ。私でさえ憶えているのに、ぜんぜん思い出せなかったんだって」

「しかし、結局は思い出せたのでしょう？」

「いいえ、そうじゃないの。思い出せたのは、人に教えてもらったからですよ」

「えっ、人に教えてもらったって……どういうことですか？」

「さっきね、お見舞いに来た人に、聞いたんですって」

「えっ、えっ……というと、その人もあのとき沢田酒店にいたっていうことですか」

「そうなんですよ。私も憶えてるけど、そういえば、私が行ったとき、店の奥で沢田さんの旦那《だんな》と話していたわね。それから〔芳華堂〕さんがワインを買いにきて、娘さんが帰って来るとか言ってたっけ」

「その人……」

浅見は、ワインを壜《びん》ごと飲み込んだように、一瞬、息が詰まった。

「その人は奥さんの知っている人ですか？」

「まあ知ってるっていえば知ってるわね。えーと、名前、何ていったかしらね……。だけど、うちのほうは関係ないからね」

「関係ない、といいますと？」

「ほら、刑事さんだったら知ってるんじゃない？　あそこ、沢田酒店さんから〔芳華堂〕さんまでの三軒をマンションビルに建て替えるっていう話。地主さんはあんまり乗り気じゃないいんだけど、建築屋さんのほうが焦ってるみたいで、あの人もその関係の人だって聞きましたよ」

「その人の名前ですが……」

浅見はさっき飲んだ壜を吐き出す勢いで言った。

「東静観光開発の矢代さん、じゃありませんか？」

「ああ、そうそう、矢代さんて言ってましたよ」

「ありがとうございました」

浅見は布袋夫人のご利益に最敬礼した。

3

熱海署はごった返していた。入口に「錦ケ浦殺人事件捜査本部」の張紙がしてある。刑事の出入りも多く、報道関係らしい連中の姿もかなり目立つ。

川口警部補はデスクワークに追われている様子で、浅見の顔を見ると、むしろほっとしたように近寄ってきた。

ただでさえ手狭な署内には、密談をするような場所はなかった。結局、二人はまた例の喫茶店に出掛けた。ここはまた、いつもと変わらずひまな店であった。

「あんなとこでくすぶっていたくはないんだけど、県警の連中がやけに張り切っているもんで、しばらくご遠慮申し上げるよりしようがないんですよ。それにつけても、すべては浅見さん待ちなんだけどねえ。いよいよとなりゃ待ちきれなくなって、若尾をパクりますよ、ほんとに」

川口は捜査の第一線からはずされて、虫の居所が悪いらしい。

「はあ、どうしてもというなら、無理には止めませんが、しかし、若尾さんよりは、どちらかといえば犯人を捕まえたほうがいいのではありませんか?」

「いやなことを言うねえ。そりゃ犯人のほうがいいに決まって……えっ、浅見さん、その口振りだと、犯人の心当たりでもあるっていう感じだけど？」

「ええ、犯人が分かりました」

「ほ、ほんとかね……」

川口は絶句して、かなり長いこと浅見の顔を眺めてから、何か悪い夢でも見たように、目をきつく瞑《つむ》って首を振った。

「どうも、あんたの言うことは過激だねえ。うちの中三になる娘も、まるっきり話が通じないけど、あんたみたいにとんでもないことは言わないですよ」

「しかし、これは簡単なことです。要するに、犯人が分かったという……」

「だけど、いくらなんでもそんなに簡単に、あっさり分かってたまるもんじゃない。いま現在、そんなんで事件が片づくのなら、それこそサツはいらないじゃないですか。百五十人を投入して汗だくでやってる、われわれ警察の努力のほうはどうなるんです？」

浅見は胸のうちで笑ってしまった。あれほど功名心に燃えて、スタンドプレーをしたがっていた川口も、警察の威信が崩れるようなことは歓迎しないのだ。

「そう言われても困ります。それに、遅かれ早かれ事件は解決するものでしょう。少しぐらい早いからって、いいじゃないですか」

「それじゃ訊《き》きますがね、犯行の手口――つまり殺害の方法はどういうことになるんです？　犯人はどうやって曾宮さん一家に毒入りワインを飲ませることができたのです？」

「あれ？　川口さんは、そういうことは犯人をパクってから調べればいいって言いませんでしたっけ？　しかしまあいいでしょう。殺害の方法はワインです」

「いや、ワインは分かってますよ。だけど、あのワインは曾宮さん一家が三人で飲んだんですよ。つまり、その席には犯人はいなかった。したがって、三人の被害者の隙を見て毒物を入れたわけではない。娘さんの話によれば、ワインはおやじさんが封を切って、栓を抜き、三人のグラスに注いで、乾杯の音頭とともに飲み干したのです。その際、毒物を入れることができる人間は、その三人の中の誰かしかあり得ない。だからこそ無理心中だと断定したわけですよ。ね、そうでしょう、浅見さん。どうです？　違いますか？」

川口は畳み掛けて言った。

「そのワインのボトルには、最初から毒が入っていたのです」

浅見は対照的に、静かな口調だった。

「え？　何ですと？　最初から毒入りだったって……驚きましたなあ。そんなこと言ったら、ワインのメーカーから名誉毀損《きそん》で訴えられちゃいますよ」

「いや、最初というのは語弊がありますが、つまり、僕が言っているのは、曾宮さんが栓を開ける前に——という意味です。ワインは事件の二日前に、沢田酒店で買ったものですが、じつは、その二日のあいだに、べつのボトルとすり替えられていたのですね。もちろん銘柄がまったく同じワインです。そして、そのすり替えられたボトルに毒が入れてあった。曾宮さん一家はそれを知らずに、乾杯をしてしまったということです」

「どうやって？……いや、誰が？　いつ、毒を入れたって言うんですか？　それに何のために？」

三つのWと一つのHが並んだ。これであと「どこで？」と「誰を？」が揃うと基本捜査術のイロハになる。

「犯人は、曾宮さんが買ったのと同じワインを仕入れて、注射器を使ってワインの中に毒物を注入したのです。そして、チャンスをうかがって、曾宮さんのところのワインとすり替えた。曾宮さん一家が、乾杯のためにワインを買ったことを知っている人物です。しかも、曾宮さんとは面識があるばかりでなく、チョクチョク曾宮家に出入りしていて、ワインをすり替えるチャンスがいくらでもある人物——ということになります」

「だけど浅見さん、それだったらワインのボトルにも毒物が入ってなきゃならないじゃないですか。あのときはグラスの中身からのみ、毒物が検出されたのですよ」

「もちろん、それは『乾杯』のあと犯人が侵入して、元のボトルにすり替えておいたのです。だから、そのボトルには沢田酒店のおやじさんや曾宮さんの指紋がたっぷりついていたはずです。ついでに言いますと、その際、犯人は毒物の容器を置いて行くことも忘れなかったでしょうね。そして、帰り際にはきちんと鍵《かぎ》をかけて、これで心中事件の舞台設営は完成します」

「うーん……」

川口は唸《うな》り声を発して、浅見を睨《にら》んでいた目を、天井に向けた。白眼がかなり充血しているところをみると、精神状態が穏やかではないらしい。

「どうですか、川口さん。もし何なら、川口さんお一人で確認してみませんか。僕もお手伝いはしますよ。そうだ、百五十対一人で、殺人事件を解決したなんてことにでもなれば、すごい大手柄じゃありませんか」

「ん……」

天井から浅見に、視線が戻った。

「百五十対一人ですか……」

川口は悪魔の囁《ささや》きにうろたえるように、周囲に気を配った。

「そうですよ、県警の連中の度胆を抜くこと間違いなしですよ。それに、当面は僕のタレコミの裏を取るだけなのですから、捜査規範に違反するわけでもありませんしね」

「なるほど、それもそう、ですな。いや、それにしても浅見さん、あんたいろいろと詳しいですなあ」

川口は呆《あき》れたように言った。

「警察庁の浅見刑事局長と名前が同じだけのことはありますよ。ははは……」

浅見はギクリと心臓が痛んだ。

「分かりました。いいでしょう、浅見さんに乗せられたつもりで、独自に調べてみることにしましょう。ただし、この件はあくまでも私とあんたとのあいだだけの秘密ですよ」

「もちろんです」

「で、その犯人というのは……いや、浅見さんが犯人だと思っている人物なるものは何者です？」

「東静観光開発の矢代という人物です」

浅見は矢代にもらった名刺を出した。

「僕はまだ詳しいことは知りませんが、あそこの〔芳華堂〕と隣の文具店と沢田酒店を含めた一角を、マンションビルに建て替える計画があるそうです。それを進めているのは大手の商社ですが、事実上の作業は東静観光開発の手で行なわれているようです」

「ああ、東静観光開発だったら、あれじゃないかな、たしか曾宮さんが借金をしていた相手先……ん？　それだとおかしいじゃないですか。曾宮さんが死んじゃったら、金は返ってこないことになる」

「その金は、すでに返してあったとしたらどうですか？」

「返した？」

「ええ、矢代氏がすでに受け取っていながら、会社にはまだ返済してもらっていないことにして、流用していたとしたら」

「しかし、あそこには『申し訳ない』と書いた遺書が、借用書の控えと一緒に仕舞ってあったのですがね。金額はたしか二千万だったかな」

「その遺書めいたものはたぶん、以前に返済期日を延期したことがあったか何かして、矢代氏が曾宮さんに一筆書かせた際のものかもしれません。勘繰れば、その延期だって、矢代氏の側から積極的に勧めたものかもしれない。何も無理して返すことはありませんよ、一筆書いてくれればいいですよ——とか、調子のいいことを言ってです」

「なるほど、一応筋は通ってますな」

川口は鹿爪らしく言った。

「ただし、いずれも仮説でしかない。問題は証拠です。たとえば、借金を返済したのだとすると、当然、銀行預金などの金の流れがあるわけです。ちょっと待っていてくださいよ。そいつは心中事件の際に調べているはずだから、見てきます」

川口は見掛けに似合わず、身軽そうに、小走りに店を出て行った。帰りも走ってきたのか、額から汗を吹き出させながら、「だめだめ」と大きく手を横に振って店に入った。

「だめでしたよ、浅見さんの説ははずれですな」

息をはずませ、とぎれとぎれに言った。

「曾宮さんとこの銀行口座の金の動きを調べたのだが、毎月決まった支払い関係をべつにして、全額を引き出したのはあの事件の約二ヵ月前――まさにその日は、二千万円のうちの一千万円の返済期日なのです。たったの三百万ちょっと。しかもですよ、その翌日には二百万以上を預金しているのです」

「えっ？……」

浅見は意表を衝《つ》かれた。

「だめですなあ」

川口はまた念を押すように「だめ」を繰り返した。

「せっかくの浅見さんの推理だったが、仮説の第一歩から崩れてしまったのでは、どうしようもない。骨折り損のくたびれ儲《もう》けっていうやつですな。おい、マスター、冷たいコーヒーをくれないか」

腹立ちまぎれのように、怒鳴った。

浅見は茫然《ぼうぜん》として考え込み、川口は苦そうな顔で、冷たいコーヒーを啜《すす》っている。

気まずい沈黙が、ガランとした喫茶店の中を支配した。低く流れているチャイコフスキーが、まるで鎮魂ミサ曲のように聞こえた。

「だけど、それ、変ですね……」

ふいに浅見は呟《つぶや》いた。思いついたと同時に、言葉が出た。

「変て、何がです?」

「ほら、銀行預金の金の流れですよ。三百万を下ろして、次の日に二百万を戻したっていうのでしょう。どうしてそんなことをしたんですかね? その差額の百万はどうなっちゃったんですかね?」

「?……」

川口は浅見が何を言おうとするのか、理解できずにいる。

「まさか、百万円だけとりあえず返したなんてことはあり得ないでしょう?」

「そりゃそうですな、全額返済できないとしても、三百万下ろしたのなら、三百万を返すでしょう」

「そうですよね。だとすると、三百万円を下ろしたものの、二百万円が余ったということになる。一千万円を返して、二百万円が残った……それじゃ、あとの九百万円はどうしたのだろう？……」

浅見のもっとも苦手とする金策問題が、頭の中を駆け巡った。全身の血液が脳髄に集中するような張り詰めた状態を、浅見は久し振りに体験した。

そして――。

「そうか、そうだったのか……」

浅見は感動のあまり叫び声を発した。急に胸のうちから込み上げてくるものがあるのを感じたとたん、目頭が熱くなって、涙があふれてきた。

「あ、浅見さん、どうしたんです？」

川口が驚いて、中腰になって浅見を覗《のぞ》き込んだ。「骨折り損のくたびれ儲け」などと、ひどい厭味《いやみ》を言ったことを後悔したのかもしれない。

「ああ、いや、何でもないのです。あんまりいい話だったものだから、感激しちゃって」

浅見は涙を拭《ぬぐ》った。

「いい話って、何です？」

川口はいよいよ心配そうに訊《き》いた。

「やっぱり、曾宮さんは一千万円をその日に返済したのですよ」

口を開けて、気のない相槌《あいづち》を打ったものの、川口はどうやって？——と、訊くことをしなかった。

「曾宮さんは前の日に銀行預金を全額下ろして、それで何とか、返済期日を延ばしてもらうつもりだったのでしょう。しかし、それは矢代氏側にとっては、店の立ち退きを迫る、恰好《かっこう》の材料になったはずです。おそらく、そうなることが当初からの矢代氏の狙いだったにちがいない。曾宮さんとしては、刀折れ矢尽きて、ある程度は諦《あきら》めの心境だったかもしれませんね。ところが、曾宮さんにとっても矢代氏にとっても、思いがけないことが起きたのです。曾宮夫人の華江さんが、九百万円の金策に成功したのですよ」

「えっ？　まさかそんな……そんな金をどうやって、どこから借りてきたんです？」

〔瀬賀和〕関係も宇治の〔薫り木〕関係も、親類縁者に聞き込みをしたかぎりでは、そういう話はまったく出ませんでしたよ。何でも、曾宮さんは人の世話になるようなことは、絶対にしない主義だったそうです。だからこそ、追い詰められて、心中に到ったのではありませんか」

「ははは、まだ心中にこだわっているのですか」

浅見は苦笑した。

「曾宮さんが人の世話にならない主義であったことは事実です。宇治の華江さんのお父さんに『遺書』を残してきた、あのきびしい性格からいっても、そのことはよく分かります。しかし、その九百万円は他人から借りたり貰《もら》ったりしたものではないのです。それは、華江さんが宇治を出るときから大切にしていた宝石を売ったお金だったのですよ」

「あっ……」

「実況検分の際、宝石箱はほとんど空っぽだったそうですね。そして、二重底からあの遺書が出てきた……そうでしたよね」

「そう、そうでした……」

「きっと、その宝石は華江さんにとって、宇治の娘時代の大切な思い出につながっていたにちがいない。それをついに手放して、〔芳華堂〕のピンチを救ったのです」

「なるほど、ちょっとした山内一豊《やまのうちかずとよ》の妻、まさに内助の功ですなあ……」

古めかしい譬喩《ひゆ》だったが、川口は川口なりに感動を表現したつもりなのだろう。日焼けしたいかつい顔が少し紅潮して、かすかに目がうるんでいた。

エピローグ

矢代卓美《たくみ》が逮捕され、犯行を全面自供したのはそれから数日後のことである。

いったん方針を樹《た》てると、警察のやることはさすがに徹底している。矢代の車から沢田酒店の主人の毛髪や衣服の繊維など、ごく微細な証拠物件を採取してつきつけると、存外あっさりと、落ちたそうだ。

また、犯行後、例の、曾宮健夫が書いた詫《わ》び証文と引き換えに盗み出した借用証も、手文庫の中にあった。

矢代の自供によれば、彼が曾宮夫妻殺害を思い立ったのは、今年の春先のことであったらしい。

曾宮――〔芳華堂〕は店舗の改装と菓子製造の機械を導入するために、銀行に借り入れを申し込んでいた。銀行は担保不足から色よい返事をしなかったが、なぜか東静観光開発を通じて金が借りられるようにしてくれた。総額は二千万円で、きわめて低い金利だったことで、曾宮は比較的、楽観していたふしもある。

しかし、現実には返済はなかなかきびしく、一回めはなんとか期日どおりに返済したものの、二度めの際は約半月の遅滞があった。そのとき、矢代はあの詫び証文をかかせている。

ところが、返済された金は東静観光開発の金庫には入っていなかった。もともと、東静観光開発側としては、曾宮に返済能力がないものと予想して、立ち退きを迫る材料にすることが本来の目的だったから、返済しないからといって、ただちに騒ぎたてることはなかった。矢代はそれをよいことに、返済された金を自分の株式投資に流用して、結果、全額が消えたどころか、矢代自身も高利の借金を抱えてしまった。

バブル景気で資金が潤沢なときなら、一千万や二千万の金、べつにどうということはなかったのだが、土地ブームが冷え込んで、資金の融通がにっちもさっちもいかなくなると、わずか百万の金がどうにもならない。このままでは、矢代は業務上背任・横領の罪で告発されかねない。

しかも、肝心の〔芳華堂〕の立ち退きも、思いがけず、残金一千万円が耳を揃えて返された。至上命令だった立ち退き工作も不調に終わり、あげく貸金の二千万を使い込んだとあっては、矢代の助かる道はなかった。

そうした折も折、矢代は再開発ばなしで訪れていた沢田酒店で、ワインを買いに来た曾宮の話を聞いた。

あさって、娘が帰ってきたら、親子三人、水いらずで乾杯するんです——。

それを聞いた瞬間、矢代の黒い脳味噌《のうみそ》の中には、犯罪計画が芽生えた。

「犯行はひどく非情なようだが、矢代は存外、小心な男でしたよ」

川口はベテラン刑事らしく、たんたんと語った。

「矢代が曾宮家に入り込んだときには、すでに三人は死亡しているように見えたそうです。それで、ワインの壜《びん》を取り替えたり、領収証を盗み出したりしているとき、若尾さんがやって来たというわけです。矢代はぶったまげて、物陰に潜むのがやっとだった。見つかったら、もちろん若尾さんを殺すつもりだったでしょうな。ところが、どういうわけか、若尾さんは、一一〇番通報をするどころか、電話が鳴り出したのも無視して行ってしまった。何が何だかよく分からないが、とにかく矢代はほっとして、逃げ出すことができた。これが犯行の大筋ってところですな」

「一つだけ気になるのですが」と、浅見はまるで犯罪者のように辞を低くして言った。

「若尾さんの処遇ですが、やはり罪になるのでしょうか?」

「うーん、それはもちろん、何もお咎《とが》めなしってわけにはいかないでしょうなあ。といっても、事件の通報を怠っただけですから、せいぜい軽犯罪に毛の生えた程度のものでしょうがね」

浅見はほっとした。いまのところ、若尾が書類を持ち出した事実に、警察は気づいていないらしい。その件については、若尾には最後の最後まで黙っているように指示した「共犯者」であるだけに、浅見は内心、ビクビクものであった。

＊

曾宮一恵が仙台に戻るという日に、浅見は網代を訪れた。〔瀬賀和〕は店をあげて歓迎してくれた。もっとも、接待は菓子ずくめだったから、文字どおり食傷ぎみではあったけれど……。

一恵をソアラに乗せて熱海まで送った。

「会社がすごく好意的で、こんなに長く休んだにもかかわらず、十月の番組改編から、なんとか一本立ちのアナウンサーとして使ってくれるそうです」

一恵は目を輝かせて言った。

「それはいいなあ。東北への旅に新しい楽しみが増えました」

「ほんとですか？　じゃあ、ぜひ仙台にいらしてくださいね」

「もちろん行きます。しかし、そのころはすっかり売れっ子アナウンサーになってしまって、そんなヤツは知らないなんて言われそうだなあ」

「そんなこと言いませんよ、いじわるなんだから……」

一恵は真剣に怒って、涙ぐんだ。

「熱海の〔芳華堂〕はどうなるのですか？」

浅見は話題を変えた。

「あのお店、結局、なくすことに決めました。父や母のことを考えると、とてもつらかったんですけど、どうすることもできませんものね。『源氏物語』だけは若尾さんのところで実現して、私にロイヤリティが入るようにしてくれるそうです」

「そうですか」

「思い出がいっぱい詰まってる家だけど、機械だとか、使える物は若尾さんのところで使ってもらって、あとは何もかも捨てることにしました」

「お母さんの宝石箱はどうしました？」

「それはここにあります」

一恵は膝《ひざ》の上のバッグを、いとおしそうに抱いた。

「宝石は空っぽだけど、二重底の中に、宝石より美しいものが入ってるんです」

「ああ……」

浅見はまたしても、込み上げてくるものを感じて、慌ててまばたきをした。

「内田先生はどうしていらっしゃるかしら」

「ああ、あの先生はきょう、網代にやって来ますよ。あとで例の〔さつき寿司〕で奢《おご》ってもらうことになっているのです」

「あら、そうだったんですかァ、残念だわあ、お会いしたかったのに」

「えっ、あの先生にですか？　ははは、あなたも物好きだなあ」

「嘘、内田先生は、約束をきちんと守ってくださる、とても魅力的な、優しい方ですよ」

「そうかなあ……」

彼女のいま言った言葉を「事件簿」に書けば、軽井沢のセンセは必ず小説に書くにちがいない——と浅見は思った。

道は熱海への登り坂にかかった。網代の海はきょうも穏やかだ。

参考資料〔京都・末富〕山口富蔵の京菓子読本（中央公論社）

自作解説

本書『「紫の女《ひと》」殺人事件』は駄作揃いの僕の作品群の中でも突出してケッタイな作品の部類に入りそうです。『鞆《とも》の浦《うら》殺人事件』『終幕のない殺人』『琥珀の道《アンバー・ロード》殺人事件』『熊野古道殺人事件』『坊っちゃん殺人事件』などと同様、ある意味では冒険作ともいえますが、それにしても功罪あいなかばして、賛否両論もかまびすしいことではありました。まあ、浅見光彦と「ぼく」という出来の悪い人物を対比させることによって、浅見の性格のよさを浮き彫りにした効果はあるかもしれません。

技術的な観点から見ても、小説のツクリは型破り。第二章の第1節まで「ぼく」という一人称で書いているのに、第2節から先はいつもどおりの浅見の独壇場で、「ぼく」はどこかへ行ってしまう。まさに「軽井沢のセンセ」らしい無責任さです。ストーリーの構成上からいうと、第二章第1節までがプロローグとして機能しているようなもので、こんなふうに小説作法を無視したようなのはおよそ珍しい。新人賞の応募作品だったら、この段階で落とされますね。

文中の「ぼく」はもちろん作者・内田康夫自身です。仕事場のある網代《あじろ》での脳天気な生活を紹介したり、浅見とのばかばかしいやりとりなどを、臆面《おくめん》もなく書いています。これを面白いと感じてくれる読者とそうでない読者がいて、それぞれから手紙を頂戴《ちょうだい》する。月照庵でお菓子を落としたりする場面で大いに笑ったと喜ぶひとがいる反面、もっとまじめにやれ――といった批判も寄せられて、小心な作家の心は千々に乱れるのです。浅見光彦倶楽部《くらぶ》のスタッフである高野女史は「こういうユーモアセンスが内田作品の面白いところ。『パソコン探偵の名推理』なんか、面目躍如たるものがありますよ」と励ましてくれるのですが、はたして大多数の読者はどうお思いでしょうか？　僕もいいトシなのだから、もっと偉そうな顔の作品を書くべきかもしれない――などと思うきょうこの頃ではあります。

僕はなんでもやってみようという、よく言えばチャレンジ精神旺盛《おうせい》、悪く言うと無鉄砲な人間で、作法だとか形式だとかにこだわりません。いや、本当のところは、きちんとしたルールを知らないというべきかもしれません。作者と小説の主人公が帯同して事件捜査に当たるような例は、過去にあるのかどうか知りませんが、ここまでドップリと、主人公や彼の係累、それにときには犯人や被害者たちと同じ世界の空気を吸い、食ったり飲んだりもする作者は、そうざらにはいないと思います。場合によっては、取材先で出会った人びとまでを事件に巻き込んでしまうことがあるので、顰《ひん》蹙《しゅく》をかったり、物議をかもしたりする例は、枚挙にいとまがありません。

『「紫の女」殺人事件』のヒロイン〔曾宮一恵《そうみやかずえ》〕もまた、実在の人物の名前を、断りもなしに使わせてもらいました。きっかけはテレビの、たしか「各局対抗NG大賞」といったようなスペシャル番組で魅力的（？）な女性を観たことです。仙台の某局の放送記者で、台風の波が打ち寄せる岸壁に立って実況中継を行なっていたとき、大波をかぶって大慌て——といったようなものでした。その印象がとても爽《さわ》やかだったので、名前ごと記憶に残っていたのを、つい使ってしまった。もちろん名前だけで、ほかの部分はあくまでもフィクションですが、とはいえまことに申し訳ないことです。

網代の町の風物にいたっては、ほとんど原寸大で書いています。〔さつき寿司〕というのは本当にあって、「オミズっぽい」美人のおかみさんもちゃんといます。網代駅前の〔瀬賀和〕のモデルになった和菓子の店は〔間瀬〕といい、作品中でも紹介したように、知る人ぞ知る名舗です。〔月照庵〕らしき店も実在し、上品な「月照尼」もいるけれど、競争倍率が高くなると困るので、これはどこにあるか教えません。

さて、『「紫の女」殺人事件』は一九九一年の秋に徳間書店から刊行されています。この年は十作品を上梓《じょうし》、一九八八年の十一作品・十三冊、一九八九年の十一作品に次ぐ多作を記録しました。僕の創作エネルギーのピークというか、出版社の攻勢がもっともきつかった時期といえます。

当然のことですが、出版社は「売れるから書かせる」のだし、作家も「売れるから書く」という傾向があります。読者の側も「早く次回作を」と期待してくれているので、この傾向にはますます拍車がかかることになります。作家にとって、これほどありがたい状況はないのですが、その反面、多作は乱作に通じ、作品の質的低下を招く危険性をはらんでいることは避けようのない事実です。

まず恐ろしいのはマンネリ。ことに「浅見光彦」というシリーズキャラクターで書いていることからくる安直さや、読者との馴《な》れ合いのような現象が起こることを、もっとも警戒しなければなりません。僕の場合は、取材対象やテーマを深く突っ込むことによって、シリーズ物特有の弊害を避けていますが、それだけに、各作品ごとに勉強を要求されることになります。たとえ一夜漬とはいえ、この勉強がおろそかだったりすると、たちまち読者に見抜かれてしまうでしょう。一九九一年にかぎっていえば、『鳥取雛《ひな》送り殺人事件』『博多殺人事件』『喪《うしな》われた道』『鐘』など、乱作ぎみの中でしっかりした作品を書いていますし、『浅見光彦殺人事件』といった、工夫された作品も出ています。顧みて、自分に努力賞ぐらいは上げたいくらいです。本書『「紫の女」殺人事件』もまた、その「工夫」のひとつの例と考えていただければ幸いです。とはいっても多作の弊害は無視できません。それを危惧《きぐ》して、僕はこの翌年に「雑誌書かない宣言」を発しました。連載は原則として一誌（紙）に限ると、これはむしろ自分に課した規律のようなものです。

そうはいっても作品を多く世に出したいという欲求は、これは作家の本能のようなもので、ときどき冗談半分に「月刊内田」を目指す――などと言ってみたりします。むろんそれは願望に過ぎず、結果は月刊どころか隔月刊も無理、季刊がやっと――といった体たらくです。といっても必ずしも怠けたり創作エネルギーが減退したわけでなく、意欲作を目指すとどうしてもそうなる。蚊取線香だって「三十日三十日いっぽんぽん」だったのが、いまや「九十日九十日」に性能アップする時代。性能がよくなれば月刊が季刊になっても不思議はない――などとうそぶいているきょうこの頃でもあります。

一九九五年七月

内田康夫

あとがき

二十年近く作家業を営み、百を超える小説を書いていると、中にはきわめて異質な、鬼っ子のような作品もいくつか生まれてくる。他人様《ひとさま》の目にはどうしようもなく不出来に見えても、産みの親にしてみれば、どれもお腹ならぬ、指を痛めた子供ばかりだ。少なくとも親としての責任は回避できない。それぞれに産みの苦しみもあり、愛着もある。そのときの作者の精神状態や社会情勢によっても、姿・形が影響されるだろうし、親自身が思ってもいなかった異端児が生まれてくることだってありうる。本書『「紫の女」殺人事件』も、そうした異端児の一人に入るかもしれない。

僕の作品の最大主流は、何といっても「浅見光彦シリーズ」で、いまや内田康夫といえば「浅見光彦シリーズ」しか書いていないと思われがちだが、じつは僕の著作の中にはそれ以外にも多くのシリーズがあり、それぞれ独自のキャラクターが登場している。

複数の作品に登場する「探偵」には、デビュー作『死者の木霊《こだま》』で売り出した「信《しな》濃《の》のコロンボ」こと竹村岩男、警視庁きっての名探偵とうたわれる岡部和雄、「車椅子の少女」橋本千晶、「フグハラ警部」の異名をとる福原警部、「フルムーン探偵」の和泉《いずみ》教授夫妻、「パソコン探偵」等々がある。

これ以外の単発物としては、『本因坊殺人事件』『遠野殺人事件』『夏泊殺人岬』『明日香の皇子《みこ》』『杜《もり》の都殺人事件』『王将たちの謝肉祭』と、いくつかの短編があるにすぎない。

これらの「子供」たちが生まれてくるには、それなりの経緯も事情もあったにちがいないのだが、これだけ多いとその一つ一つを憶《おぼ》えきれない。「出来ちゃった結婚」があるように、もののはずみのように誕生した作品もいくつかあるはずだ。ただ、出来の善し悪しを別にして、異端と見られがちな作品の多くが、そのときどきに何かを試みようとして、その結果、生まれたものであるということはいえそうだ。

その典型的なものは『パソコン探偵の名推理』で、題名どおり、パソコンが人格をもって事件捜査に当たるという、まだパソコンがようやく市民権を得ようとしていた当時としては、奇想天外な発想といっていい。『パソコン探偵の名推理』はギャグと社会風刺と語り口の面白さばかりでなく、それなりの本格（？）推理の要素も兼ね備えた、なかなかの優れ物で、浅見光彦の陰に隠れてはいるが、根強いファンを持っている。

その異端ぶりには遠く及ばないけれど、作者自身が登場する作品も、ふつうではない面白さがある。ことの起こりは、『長崎殺人事件』の中で、浅見光彦がなぜフリーのルポライターや私立探偵もどきをやるようになったかを説明する際に、内田康夫という作家の世話になった――と書いたのがきっかけだ。これを読むと、内田家と浅見家の関係が如実に分かる。『長崎殺人事件』では、僕のところに少女から「父親の無実の罪を晴らして欲しい」という手紙が送られてきたのを、浅見におしつけるところから話が始まる。

このときはまだしも、僕の事件への関わり方は、ほんの冒頭での狂言回し程度だったのだが、その後、次第に登場する機会が増え、何かというと顔を出し、やがては、ストーリーの中のかなりの部分に登場するものも現れた。『鞆の浦殺人事件』『熊野古道殺人事件』そして本書『「紫の女」殺人事件』などがその典型である。

『「紫の女」殺人事件』を執筆した当時、僕は静岡県熱海市網代に仕事場と称する別荘マンションを持った。従来、ホテルでカンヅメだったのを、あまりの不便さに耐えきれず、そこに切り換えたのだが、そのコケラ落としとなったのがこの作品である。物珍しさも手伝って、網代の町を彷徨して得た新知識や風物の描写が、到るところに出てくる。そうして「ぼく」が事件に遭遇し、浅見光彦をその渦中に引きずり込むことになるのだ。

ちなみに、作中に出てくる町の情景は、ほとんどが実在しているので、網代を訪ねたときには、ぜひ実地検証されることをお勧めしたい。和菓子の「瀬賀和」、「月照庵」、小柄の夫婦がやっている肉屋さん、「さつき寿司」など、すべてそっくりの店があるからすぐに分かる。ただし、僕の名前を言って叩《たた》き出されても責任は負えない。

この解説を書くために、久しぶりで『「紫の女」殺人事件』を読みながら、僕は自分の作品であることを忘れ、笑ってしまった。まったく「ぼく」のモノローグで書いている部分のギャグは面白い。浅見のかっこよさや頭のよさに、年甲斐《としがい》もなく張り合って、真面目くさってヘボばかりしている「ぼく」を見ると、われながら気の毒になる。そのせいか、第一章から第二章の第1節までを「ぼく」の一人称で書いていながら、その後から突如、三人称になっている唐突さも、まあ許容範囲の内かな――と思えてしまう。

さて、肝心のストーリーのほうだが、お読みになってお分かりのとおり、この作品は単なる「ばか話」ではない。なかなかにシリアスなテーマを含んでいたと思う。その当時、「臨死体験」だの「幽体離脱」だのが話題になっていた。いまでも忘れた頃になるとテレビなどに登場するが、その頃はオカルトブームだとかで、むやみやたら、そういうのがまかり通っていた。オウム真理教の事件が起きて、マスコミはにわかに自粛したが、そういう愚にもつかない「迷信」をいい大人どころか、「先生」といわれるような人々が真面目くさって論じ、それをまた一般大衆が信じるのが不思議でならない。

その「臨死体験」と「幽体離脱」の謎に挑戦（？）するという試みも、この作品の一つのテーマになっている。「幽霊の正体見たり枯れ尾花」である。ことのついでに申し上げておきたいのだが、宗教を信じることはいいけれど、宗教や迷信によって人生を誤ったりしてはいけない。「来世」や「輪廻転生《りんねてんしょう》」がある――と信じたいのは分かるし、その可能性が絶対ないとは言わない。しかし、それを信じるあまり「現世」を破壊してしまっていいはずがない。人間は弱い生き物だから、ついそんなあてのない夢を思い描きたくなるものだ。心の安寧を求める便法としては、それも無益ではないし、人格高潔な宗教家も少なくない。しかし、宗教の名をかりて、特定のエゴや我欲のために恣意《しい》的にそういう方向に誘導する行為は「犯罪」に等しい。とりわけ「水子」の祟《たた》りなどで脅して、「水子地蔵」信仰に引きずり込む、一部の悪徳商法まがいの宗教などはその典型である。

僕はそのことを『佐渡伝説殺人事件』で書いた。それを読んだ読者から、「おかげで苦しみから救われました」という手紙を数通もらった。

驚くべきことは、僕のような理論も何もない人間でさえ疑問を抱くのに、そういう当たり前のことを当たり前に書いたり言ったりする人が、学者や宗教家、哲学者の中にほとんどいてくれないという事実だ。

顧みて思うに、僕の作品の多くは、社会のそういった矛盾や理不尽への疑問や、ときには怒りがモチベーションになっている。最近作の『はちまん』では「サッカーくじ」のことを書いた。「サッカーくじ」というギャンブルが、こともあろうに「文部省」の管轄で施行されるという、この恐るべき悪法が、国会で圧倒的多数で承認され、実施されようとしている。世の中どうかしてしまったとしか思えない。国民はともかくマスコミがなぜ猛反対のキャンペーンを展開しないのか、さっぱり理解できない。

余談に逸《そ》れたが、そういった主義主張はあるにもせよ、押しつけがましいことは言わないつもりだ。作品としてはエンターテイメントであり、基本的に面白く読んでもらえるものでなければならない——というのが、僕の創作のスタンスである。『「紫の女」殺人事件』では和菓子の世界に材を取った。食いしん坊の僕だが、和菓子の正式名称などさっぱり分からなかったから、ずいぶん勉強した。この作品で「源氏物語」という商標を登録する話が出てくるが、実際にそういう商標があるのかどうかは知らずに書いている。「浮舟」「末摘花《すえつむはな》」「空蝉《うつせみ》」等々、和菓子の名前にふさわしく美しい——と思ったものである。僕がそう思うくらいだから、現実にそういう名前の菓子があるのかもしれない。もしあったら、どなたか教えていただきたいものだ。

一九九九年春

内田　康夫

本書は、一九九五年徳間文庫、二〇〇一年講談社文庫として刊行されたものです。

この作品はフィクションであり、文中に登場する人物、団体名は、実在するものとはまったく関係ありません。なお、風景や建造物など、現地の状況と多少異なる点があることをご了承ください。

「紫《むらさき》の女《ひと》」殺《さつ》人《じん》事《じ》件《けん》

内《うち》田《だ》康《やす》夫《お》

平成23年 5月25日　初版発行
令和7年 10月20日　10版発行

発行者●山下直久

発行●株式会社KADOKAWA
〒102-8177　東京都千代田区富士見2-13-3
電話　0570-002-301（ナビダイヤル）

角川文庫 16831

印刷所●株式会社KADOKAWA
製本所●株式会社KADOKAWA

表紙画●和田三造

●お問い合わせ
https://www.kadokawa.co.jp/（「お問い合わせ」へお進みください）
※内容によっては、お答えできない場合があります。
※サポートは日本国内のみとさせていただきます。
※Japanese text only

ISBN978-4-04-160777-0　C0193

◆◇◇

角川文庫発刊に際して

角川源義

第二次世界大戦の敗北は、軍事力の敗北であった以上に、私たちの若い文化力の敗退であった。私たちの文化が戦争に対して如何に無力であり、単なるあだ花に過ぎなかったかを、私たちは身を以て体験し痛感した。西洋近代文化の摂取にとって、明治以後八十年の歳月は決して短かすぎたとは言えない。にもかかわらず、近代文化の伝統を確立し、自由な批判と柔軟な良識に富む文化層として自らを形成することに私たちは失敗して来た。そしてこれは、各層への文化の普及滲透を任務とする出版人の責任でもあった。

一九四五年以来、私たちは再び振出しに戻り、第一歩から踏み出すことを余儀なくされた。これは大きな不幸ではあるが、反面、これまでの混沌・未熟・歪曲の中にあった我が国の文化に秩序と確たる基礎を齎らすためには絶好の機会でもある。角川書店は、このような祖国の文化的危機にあたり、微力をも顧みず再建の礎石たるべき抱負と決意とをもって出発したが、ここに創立以来の念願を果すべく角川文庫を発刊する。これまで刊行されたあらゆる全集叢書文庫類の長所と短所とを検討し、古今東西の不朽の典籍を、良心的編集のもとに、廉価に、そして書架にふさわしい美本として、多くのひとびとに提供しようとする。しかし私たちは徒らに百科全書的な知識のジレッタントを作ることを目的とせず、あくまで祖国の文化に秩序と再建への道を示し、この文庫を角川書店の栄ある事業として、今後永久に継続発展せしめ、学芸と教養との殿堂として大成せんことを期したい。多くの読書子の愛情ある忠言と支持とによって、この希望と抱負とを完遂せしめられんことを願う。

一九四九年五月三日

角川文庫ベストセラー

角川文庫ベストセラー

菊池伝説殺人事件　内田康夫

フリーライター浅見光彦は雑誌の取材で名門「菊池一族」発祥の地、熊本県菊池市に向かう。車中で知りあった菊池由紀の父親が殺され、容疑は彼女の恋人に。菊池一族にまつわる因縁とは？　浅見が謎に挑む！

上野谷中殺人事件　内田康夫

上野駅再開発計画に大きく揺れる地元。ある日、浅見光彦は軽井沢の作家から一通の奇妙な手紙を託された。その差出人が谷中公園で自殺してしまい……情緒あふれるミステリ長編。

十三の墓標　内田康夫

警視庁勤務の坂口刑事の姉夫婦が行方不明になり、義兄が死体で発見された。王朝の女流歌人〈和泉式部〉の墓に事件の鍵が……余部鉄橋、天橋立股のぞき、猫啼温泉と旅情を誘う出色のミステリ。

佐用姫伝説殺人事件　内田康夫

浅見光彦が陶芸家佐橋登陽の個展会場で出会った評論家景山秀太郎が殺された！　死体上には黄色い砂がまかれ、「佐用姫の……」と書かれたメモが残されていた。浅見が挑む佐用姫の真実とは？

耳なし芳一からの手紙　内田康夫

下関からの新幹線に乗りこんだ男が死んだ。差出人〝耳なし芳一〟からの謎の手紙「火の山で逢おう」を残して。偶然居あわせたルポライター浅見光彦がこの謎に迫る！　珠玉の旅情ミステリ。